미친 세상을
이해하는 척하는 방법

미친 세상을
이해하는 척하는 방법

움베르토 에코 지음 박종대 옮김

일러두기
• 이 책의 번역 대본으로는 부르크하르트 크뢰버Burkhart Kroeber가 옮긴 독일어판
Pape Satàn(München: Carl Hanser Verlag, 2017)을 사용했습니다.

이 책은 실로 꿰매어 제본하는 정통적인 사철 방식으로 만들어졌습니다.
사철 방식으로 제본된 책은 오랫동안 보관해도 손상되지 않습니다.

차례

들어가며 • **9**

유동 사회 • **12**

1부 늙은이와 젊은이

잘못 산 13년 • **19**

옛날 옛날에 처칠이 살았다 • **25**

아름다운 것은 추하고, 추한 것은 아름답다? • **31**

신은 안다, 내가 바보라는 걸 • **36**

나는 트위터를 한다, 그러므로 존재한다 • **42**

사생활의 상실 • **47**

늙은이들이 살아남는 방법 • **52**

2부 인터넷 세상

인터넷 과잉? 하지만 중국에서는…… • **59**

인터넷으로 자료를 베끼는 방법 • **63**

시인들은 어디로 가는가? • **68**

교사는 어디에 필요할까? • **74**

핸드폰을 삼키다 • **80**

딸기 크림 케이크 • **83**

핸드폰과 「백설 공주」에 나오는 왕비 • **88**

3부 음모와 대중 매체

〈깊은 목구멍〉은 어디에 있는가? • **95**

음모와 비밀 • **101**

아름다운 사회 • **106**

우연의 일치를 믿지 마라 • **112**

두 명의 빅 브라더 • **117**

〈지적인 말〉 • **121**

경찰의 탐문 조사와 무례한 인간 • **126**

영웅이 필요한 나라는 불행하다 • **131**

시간과 역사 • **136**

4부 인종주의의 여러 형태

히잡을 쓰라고 누가 명령했을까? • **143**

반유대주의자들의 모순 • **149**

알려지지 않은 아내와 남편들 • **154**

톰 아저씨의 귀환 • **160**

『쥐』에서 샤를리까지 • **165**

5부 철학과 종교 사이

사랑과 증오 • 173

죽음은 어디에 있을까? • 178

우리의 파리 • 183

순록과 낙타 • 188

쉿, 그런 이야기는 하지 않는 게…… • 194

동방 박사, 대체 그들은 누구인가? • 200

6부 글을 쓰고 읽는 것에 대하여

아름다운 필체에 대한 단상 • 207

페스티벌에서 서로 얼굴을 본다는 것 • 213

범죄 소설과 철학 • 218

읽지 않은 책에 관하여 • 224

저장 매체의 불안정성에 관하여 • 230

들어 본 농담이라면 날 좀 멈춰 줘! • 235

기념 논문집 • 241

늙은 홀덴 • 244

또 다른 아리스토텔레스의 발견 • 250

몬탈레와 딱총나무 • 255

거짓말과 〈마치 그런 것처럼〉의 세계 • 259

불신과 동일시 • 264

누가 종이호랑이를 무서워할까마는…… • 269

7부 뻔뻔하고 멍청한 인간부터
황당하고 정신 나간 인간들까지

로마의 한 미국 여인 • 277

우리가 B를 아예 무시해 버리면? • 283

좌파와 권력 • 288

용서를 구합니다 • 291

기적의 약, 모르타크 • 296

나폴레옹은 없다 • 300

골 빈 인간들과 신문의 책임 • 305

옮긴이의 말 • 311

들어가며

내가 로마의 시사 잡지 『레스프레소 *L'Espresso*』에
「미네르바 성냥갑 La Bustina di Minerva」이라는 칼럼
(이하 성냥갑 칼럼)을 쓰기 시작한 건 1985년 3월부
터였다. 처음 13년 동안은 매주, 그다음부터는 격주로
썼던 걸로 기억한다. 칼럼을 처음 쓸 때 일러두었듯이
미네르바 회사에서 만든 작은 접이식 성냥갑 안쪽에
는 간단하게 메모할 수 있는 공간이 있었다. 거기다 나
는 칼럼에 쓸 이런저런 문제에 대한 단상이나 즉흥적
으로 떠오른 착상을 기록해 두었다. 주제는 대부분 우
리의 사회 현상과 관련된 시사 문제였지만 항상 그랬
던 건 아니다. 어느 날 저녁 문득 헤로도토스의 역사책
이나 『그림 형제 동화집』을 뒤적거리고, 뽀빠이 만화
를 다시 꺼내 읽고 싶은 것도 내게는 시사 문제였으니

까 말이다.

나는 이 성냥갑 칼럼 중 상당수를 『두 번째 작은 일기』에 실었고, 일부는 21세기 전환기까지의 글을 모은 『미네르바 성냥갑』에 수록했다. 또 몇 개의 칼럼은 2006년에 출간된 『가재걸음』에 싣기도 했다.* 그런데 돌아보니 2000년부터 2015년까지 쓴 성냥갑 칼럼도 4백 편이 넘었다. 단순하게 계산해도 1년에 26편을 쓴 셈인데, 그중 일부는 지금 세상에 내놓아도 그리 부끄럽지 않을 것 같다는 생각이 들었다.

이 책에 실린 모든 칼럼 또는 나의 거의 모든 칼럼은 〈유동 사회〉라는 우리의 사회적 현상에 대한 성찰로 이해됨 직하다. 최근에 쓴 성냥갑 칼럼에서 이 현상에 대해 본격적으로 다룬 바 있기에 여기서는 그 칼럼으로 문을 열겠다.

반복되는 부분을 뺐음에도 일부는 아직 남아 있을

---

*『두 번째 작은 일기 Il secondo diario minimo』는 국내에서 『연어와 여행하는 방법』(1995)으로 출간되었다가 『세상의 바보들에게 웃으면서 화내는 방법』(1999)으로 재출간되었다. 『미네르바 성냥갑』은 국내에서 2004년 출간되었다가 『책으로 천년을 사는 방법』(2009)과 『민주주의가 어떻게 민주주의를 해치는가』(2009)로 나뉘어 출간되었다. 『가재걸음 A passo di gambero』은 국내에서 2012년 출간되었다. 국내 출간은 모두 열린책들. 이하 모든 주는 옮긴이의 주이다.

것이다. 왜냐하면 지난 15년 동안 이 모종의 현상은 우려스러울 만큼 규칙적으로 반복되었고, 그런 만큼 이 불안한 현실 문제로 다시 돌아갈 수밖에 없었기 때문이다.

마지막으로 제목에 대해 한마디 하겠다. 이 책의 이탈리아 원제는 『파페 사탄 알레페: 유동 사회의 연대기 *Pape Satàn Aleppe: Cronache di una società liquida*』이다. 〈파페 사탄 알레페〉는 단테의 『신곡』 「지옥」 편 제7곡 첫머리에 나오는 말이다. 전문가들이 떼로 달려들어 이 말의 의미를 찾아내려고 고군분투했지만 대부분 명확한 의미가 없다는 쪽으로 결론을 내고 말았다. 어쨌거나 단테의 작품에서 지하 세계의 신 플루토가 내뱉은 이 말은 이런저런 생각이 들게 하고, 어떤 마법의 소리처럼 여겨질 법하다. 따라서 내 탓이든 시대 탓이든 두서없는 잡동사니 모음집이 된 이 책의 제목에도 잘 어울린다고 생각한다. 본의 아니게 닭 얘기를 하다가 나귀 얘기로 넘어가는 식이라서 지난 15년 동안 우리 사회가 보여 준 유동성을 잘 반영하고 있으니 말이다.

유동 사회

〈유동 사회Liquid Society〉 또는 〈유동 근대〉*는 알다시피 지그문트 바우만이 처음 사용한 개념이다. 이 개념의 다양한 함의를 이해하려면 『위기의 국가』**를 읽어 보길 바란다. 바우만과 카를로 보르도니가 국가의 위기를 비롯해 다른 문제들까지 깊이 있게 논한 책이다.

유동 사회는 사람들이 〈포스트모던〉이라 부르는 흐름과 함께 부각되기 시작했다(여기서 포스트모던은 모호한 〈포괄 개념〉으로 건축에서 철학을 거쳐 문학

* 기존 번역서에서는 〈액체 사회〉 또는 〈액체 근대〉로 번역되었으나, 여기서는 어감이나 맥락상 〈유동 사회〉가 더 적합할 듯하다. 밖에서 들어온 개념이 우리말로 자리 잡기까지는 번역어끼리 경쟁도 필요하다고 생각하기에 어떤 쪽이 더 나은지는 독자의 판단에 맡기겠다.
** 지그문트 바우만·카를로 보르도니, 『위기의 국가State of Crisis』, 안규남 옮김(파주: 동녘, 2014).

에 이르는 다양한 현상을 아우르지만, 항상 통일적 관련성을 보이는 것은 아니다). 포스트모던은 세계를 하나의 질서 모델로 묶으라고 요구한 〈거대 서사〉의 위기를 강조했다. 또한 과거를 유희적 또는 풍자적으로 새롭게 검토하는 작업에 나섰고, 그 과정에서 몇몇 방식으로 허무주의 경향과 겹치는 부분이 생겨났다. 그러나 보르도니가 볼 때, 포스트모던도 그사이 몰락의 길을 걷고 있다. 포스트모던은 일시적 현상이었고, 우리는 자신도 모르는 사이에 그것을 지나왔으며, 언젠가는 전기 낭만주의를 연구하듯 포스트모던을 연구하는 날이 올지 모른다. 포스트모던은 무언가 새로 생겨난 현상을 일컫는 데 사용된 개념으로서, 근대부터 아직은 이름이 정해지지 않은 현재까지의 과도기를 표현하고 있다.

바우만이 볼 때, 현대에 새로 생겨난 특징 중 하나가 국가의 위기다. 초국가적 실체의 권능에 맞서고 있는 지금의 국가들에 어떤 결정의 자유가 남아 있을까? 개인에게 우리 시대의 문제를 동질적 방식으로 해결할 가능성을 보장하던 조직체는 사라졌고, 그런 조직체의 위기와 함께 이데올로기의 위기 역시 심화되었다.

이어 정당의 위기가 고조되었고, 개인의 욕구를 이해하고 해석하면서 조직의 일원이라는 소속감을 개인에게 심어 주던 가치 공동체도 전반적인 위기에 빠졌다.

공동체 개념의 위기와 함께 오직 자기만 아는 무분별한 개인주의가 생겨났다. 이런 사회에서는 누구도 더는 타인의 동반자가 아니다. 주변엔 오직 내가 맞서서 나 자신을 지켜 내야 할 경쟁자나 적뿐이다. 이런 〈주관주의〉로 근대의 근간이 흔들리고 허물어졌고, 그와 함께 확고한 기준점의 결여로 모든 것이 어느 정도씩 유동하는 상황이 생겨났다. 우리는 법에 대한 믿음을 잃었고(사법부는 이제 적으로 느껴진다), 무슨 수를 써서라도 남의 눈에 띄는 것이 기준점 없는 개인의 유일한 해결책이 되었다. 돈으로 자신을 드러내는 행태(내가 성냥갑 칼럼에서 자주 다룬 현상이다), 소비주의, 무절제한 소비 행태가 그런 것들에 속한다. 이런 소비 행태는 대상을 소유해서 즐기는 것이 아니라, 욕망의 대상을 구매하자마자 바로 폐물로 만들어 버리면서도 끝없이 배를 채워야만 직성이 풀리는 폭식증 환자처럼 걷잡을 수 없는 구매 충동에 사로잡혀 이 물건 저 물건을 계속 집어 드는 것이 목표다. 스마트폰을 떠올려 보라. 신형이 예전 것보다 성능 면에서 별 차이가 없는데도 이런 광란의 욕망 대열에 참여하려면 아직 멀쩡한 핸드폰을 폐물로 만들어 버려야 한다.

이데올로기와 정당의 위기는 어떤가! 흔히 말하길, 오늘날의 정당은 국민의 지도자(유혹자)나 마피아 보스가 투표권 뭉치를 들고 올라타는 택시와 비슷하다고 한다. 이 지도자는 그때그때 자신에게 주어진 기회에 따라 한 치의 부끄러움도 없이 쇼핑하듯 정당을 고르는데, 이전이라면 파렴치한 철새 정치인이라고 손가락질했겠지만 더 이상 그럴 수도 없을 듯하다. 요즘은 개인뿐 아니라 온 사회가 지속적인 프레카리아트화* 과정 속에서 살아간다.

이러한 사회적 유동화에는 어떻게 대처해야 할까? 우리는 아직 그 방법을 모르고, 이 과도기는 상당히 오래 지속될 것으로 보인다. 지그문트 바우만의 지적에 따르면, 국가를 통해서건 혁명을 통해서건 위로부터의 구원에 대한 믿음이 사라져 버린 이 시대의 전형적인 특징은 분노를 동반한 항의 운동이다. 그런데 이 운

* 프레카리아트precariat는 이탈리아어로 〈불안정한precario〉과 프롤레타리아트의 합성어다. 신자유주의 경제 체제에서 불안정한 고용과 노동 상황에 처한 비정규직, 파견직, 실업자 등을 총칭하는 말이다.

동은 자신이 무엇을 원하지 않는지는 알지만, 정작 자신이 무엇을 원하는지는 모른다. 게다가 이미 아는 사실처럼, 〈자율주의 그룹〉이니 〈블랙 블록스〉 같은 단체*와 관련해서 치안 책임자들이 곤혹스러워하는 문제는 과거의 아나키스트나 파시스트, 붉은 여단과는 달리 이런 저항 그룹들을 더는 하나의 범주로 묶을 수 없다는 것이다. 그들은 공격을 가하지만, 언제 어느 방향으로 튈지는 아무도 모른다. 심지어 그들 자신조차 모른다.

이런 유동화의 물결 속에서 살아남을 가능성은 있을까? 있다. 우리가 유동 사회에 살고 있다는 사실을 자각하고, 그런 사회를 이해하고 극복하려면 새로운 수단이 필요하다는 사실을 분명히 인식하면 된다. 다만 한심한 것은 정치인과 대다수 지식인이 이 현상의 의미와 파장을 아직도 제대로 깨닫지 못하고 있다는 사실이다. 그런 의미에서 지그문트 바우만은 당분간 〈광야의 외로운 늑대〉로 남을 수밖에 없다.

2015년 5월 29일

---

* 둘 다 급진 좌파 성향의 무정부주의 단체이다.

1부

늙은이와 젊은이

잘못 산 13년

　인터뷰에서는 흔한 일이지만, 그저께 한 인터뷰어가 지금껏 살아오면서 내게 가장 큰 영향을 준 책이 무엇이냐고 물었다. 만일 평생 내게 결정적인 영향을 끼친 책이 정말 단 한 권만 있다면 나도 이 질문에 아무렇지도 않게 대답하는 다른 많은 사람처럼 바보 멍청이였을 것이다. 어떤 책은 내 20대에 큰 감명을 주었고, 어떤 책은 내 30대의 삶에 방향타가 되어 주었다. 그런 의미에서 나는 어떤 책이 1백 세 때의 나를 흥분시킬지 정말 궁금한 마음으로 기다린다. 말도 안 되는 또 다른 질문이 있다. 〈당신의 삶에 결정적인 가르침을 준 사람은 누구인가요?〉 나는 이 질문에도 뭐라고 대답해야 할지 몰라 주춤거린다. 그냥 〈엄마, 아빠〉라고 답하는 편이 오히려 속 편해 보인다. 내 삶에서는 시기마다 무언가 깨달음을 준 사람들이 있다. 그중에는 주변 사람도 있고, 아리스토텔레스나 토마스 아퀴나스, 로크나 퍼스 같은 아득한 옛날 사람도 있다.

어쨌든 책을 제외하고, 내 삶을 변화시켰다고 자신있게 말할 수 있는 사건이 몇 개 있다. 첫 깨달음은 초등학교 5학년 때 존경하는 벨리니 선생님에게서 얻었다. 선생님은 우리에게 숙제로 암탉이나 화물선 같은 주제를 내주고는 그것을 관찰하거나, 아니면 그와 관련해서 아무 상상이나 해오라고 하셨다. 어느 날 나는 잠시 정신이 나갔는지 어떤 주제라도 즉석에서 대답할 수 있다고 땅땅 큰소리쳤다. 그 말에 선생님은 교탁을 내려다보더니 〈공책〉이라고 말했다. 지금 같았으면 나는 기자들의 취재 노트나 어느 아프리카 탐험가의 여행 일지를 주섬주섬 입에 담았을 것이다. 그러나 당시의 어린 나는 당당하게 교탁으로 걸어 나가긴 했으나, 정작 아이들 앞에서는 한마디도 하지 못했다. 이렇듯 벨리니 선생님은 자신의 능력을 결코 과대평가해서는 안 된다는 가르침을 일깨워 주셨다.

두 번째 깨달음을 주신 스승은 내게 악기 연주를 가르치신 살레시오회의 돈 첼리 신부님이다. (요즘 돌아가는 것을 보아하니 살레시오회는 돈 첼리 신부님을 성인으로 추대할 뜻이 있는 것 같은데, 예전에 나한테 악기 연주를 가르쳐 줬다고 그런 것 같지는 않다. 아니, 오히려 그 사실이 밝혀지면 아드보카투스 디아볼리*는 아주 신이 나서 트집을 잡을 게 분명하다.) 1945년 1월 5일 나는 공작 수컷처럼 잔뜩 허세를 부리며 신부님에게 말했다. 〈신부님, 저 오늘 열세 살 됐어요!〉 그러자 신부님은 툴툴거리듯 툭 던지셨다. 〈잘못 살았네.〉 무슨 말일까? 무슨 뜻으로 그런 말을 하셨을까? 나이가 그쯤 됐으면 진지하게 고해성사라도 해야 한다는 말일까? 아님, 고작 남들 다 하는 생물학적 의무 수행이나 한 걸 갖고 칭찬받길 기대해서는 안 된다는 뜻일까? 혹은 속정을 숨긴 채 겉으로만 툴툴거리는 피에몬테 사람 특유의 방식대로 애정 담긴 축하의 말을 그렇게 에둘러서 표현한 것일까? 그러나 나는 안다. 스승이라면 의당 제자를 항상 시련으로 몰아넣어야 하고, 필요 이상으로 칭찬해서는 안 된다는 점을 신부님이 내게 일깨우려 하셨다는 것을.

* *Advocatus Diaboli.* 〈악마의 대변인〉이라는 뜻으로, 성인 후보자의 부정적인 면을 조사하는 사람.

이 가르침에 충실하듯 나는 뜻밖의 놀라운 성과를 거둔 경우를 제외하고는 항상 칭찬에 인색했다. 어쩌면 이런 내 태도 때문에 누군가는 몹시 섭섭했거나 괴로워했을지 모른다. 그게 싫어서 칭찬을 남발했다면 나는 나의 첫 13년뿐 아니라 나의 첫 76년도 잘못 살았을 것이다. 나무라지 않는 게 내가 남에게 할 수 있는 최고의 칭찬이라는 지론은 세월이 지나도 바뀌지 않았다. 나무랄 게 없으면 자기 일을 잘 해낸 사람이다. 나는 〈좋은 교황〉이라든지 〈정직한 차카니니〉*라든지 하는 말을 들으면 항상 마음이 좀 불편하다. 그런 표현은 다른 교황은 모두 나쁘고 다른 정치인은 정직하지 않다는 인상을 불러일으키기 때문이다. 교황 요한 23세와 차카니니는 그저 자신이 해야 할 일을 했을 뿐이고, 그래서 그들이 특별히 칭찬받아야 할 이유는 없다.

돈 첼리 신부님의 대답은 내가 무슨 일을 완수했더라도, 또 그 일이 아무리 선하고 옳다는 생각이 들더라도 뻐길 필요는 없다는 것을, 특히 자만심에 빠져 떠벌

* Benigno Zaccagnini(1912~1989). 이탈리아 기독교 민주당의 공동 설립자. 오랫동안 이 당의 하원 의원을 지냈고, 노동부 장관과 사회부 장관, 당 사무총장, 유럽 의회 의원 등을 지냈다.

리고 다녀서는 안 된다는 것을 가르쳐 주었다. 그렇다면 자기 일을 최대한 잘하려고 노력할 필요가 없다는 뜻일까? 천만의 만만의 말씀! 나는 돈 첼리 신부님의 대답을 떠올리면 어디서 읽었는지는 기억나지 않지만 이상하게도 올리버 웬들 홈스 2세의 금언이 생각나곤 한다. 〈내 성공의 비밀은 젊었을 때 내가 신이 아니라는 사실을 깨달았다는 데 있다.〉 자신이 신이 아님을 깨닫고, 자신의 행위를 항상 의심하면서 지난 삶을 충분히 잘 살지 못했음을 자각하는 것은 매우 중요하다. 그래야만 나머지 시간을 더 잘 보내려고 노력할 수 있다.

이런 말을 왜 하필 선거전이 시작된 지금 하느냐고 물을지 모른다. 다시 말해, 유권자들의 마음을 사로잡으려면 어느 정도 신처럼 행동하는 것이 필요하고, 조물주가 세상을 창조한 뒤에 그랬던 것처럼 자신이 완수한 일이 정말 잘됐다고 선전하고, 한 걸음 더 나아가 앞으로 더 훌륭하게 완수할 자신이 있다고 선언하면서(물론 신은 이미 가장 훌륭한 세계를 창조했다는 것에 만족하고 더 이상 나가지는 않았다) 웬만큼 과대망상 증세를 드러내야 하는 이 선거 기간에 말이다. 나는 여기서 도덕적 설교를 하려는 게 아니다. 그건 가당치도 않다. 선거에 이기려면 당연히 그래야 한다. 유능한 정치인을 기대하는 유권자들에게 이렇게 말하는 후보를 상상할 수 있을까? 〈저는 지금껏 하는 일마다 되는 게 없었습니다. 앞으로도 더 잘한다는 보장은 없습니다. 하지만 어쨌든 최선을 다하겠습니다.〉 이런 후보는 당선되지 못한다. 거듭 말하지만 나는 여기서 도덕주의를 설파하려는 것이 아니다. 다만 텔레비전에서 이런저런 정치 토론을 보고 있자니 나의 옛 스승인 돈 첼리가 절로 떠올랐을 뿐이다.

2008년 2월 22일

옛날 옛날에 처칠이 살았다

 최근에 영국에서 실시한 설문 조사에 관한 기사를 읽었다. 그에 따르면 영국인의 4분의 1이 처칠을 허구의 인물로 생각하고 있었다. 그건 간디와 디킨스도 마찬가지였다. 반대로, 정확한 수치는 모르겠으나 응답자 가운데 상당수는 셜록 홈스나 로빈 후드, 엘리너 릭비*를 실제 인물로 알고 있었다.

 나는 이 현상에 무슨 거창한 의미를 부여하면서 해석하고픈 마음은 없다. 내가 궁금한 건 처칠과 디킨스가 누구인지 잘 모르는 그 4분의 1이 어떤 사회 계층에 속하느냐이다. 런던의 궁핍한 삶을 묘사한 프랑스 화가 귀스타브 도레의 그림에 등장하는 디킨스 시대의 런던 사람들에게 설문 조사를 했더라면 아마 헐벗

---

* 비틀스의 노래 「엘리너 릭비」에 등장하는 인물.

고 가난하고 굶주린 사람들의 4분의 3은 셰익스피어가 누군지 몰랐을 것이다. 게다가 셜록 홈스나 로빈 후드를 실존 인물로 여기는 것도 내게는 전혀 놀랍지 않다. 왜냐하면 런던 베이커가에 그가 살았다는 집을 일반에게 관광 상품으로 내놓을 만큼 거대한 홈스 산업이 존재하고, 로빈 후드 역시 이 전설적 가공인물의 토대가 되는 인물이 실제로도 존재했기 때문이다(로빈후드가 비현실적으로 느껴지는 유일한 점은 시장 경제의 등장 이후엔 가난한 사람들을 강탈해서 부자를 더욱 살찌우는 것이 일반적인 규칙인데 그에 반해 봉건 경제 시대에 부자를 강탈해 가난한 사람들에게 부를 나누어 주었다는 사실이다). 말이 나온 김에 덧붙이자면, 나는 어릴 때 아버지한테 듣기 전까지는 버펄로 빌*이 허구의 인물이라고 믿었다. 아버지는 빌이 실제 살았던 인물일 뿐 아니라 심지어 자신의 서커스단을 이끌고 우리 도시에 와서 서부 개척 시대의 신화를 피에몬테풍으로 바꾸어 공연하는 것을 당신 눈으로 직접 보았다고 했다.

* Buffalo Bill(1846~1917). 본명은 윌리엄 프레더릭 코디. 미국의 총잡이이자 쇼맨으로, 〈와일드 웨스트 쇼〉라는 공연을 흥행시켰다.

그런데 그런 질문을 우리 나라 청소년들에게 던졌다면(미국 청소년들은 말할 것도 없다) 가까운 과거에 대한 것조차 우리의 관념이 상당히 불분명하다는 사실을 알게 될 것이다. 최근에 어떤 글을 읽었는데, 그에 따르면 알도 모로*는 붉은 여단의 일원이고, 알치데 데가스페리**는 파시스트 보스이고, 바돌리오 원수***는 빨치산이라고 생각하는 사람들이 제법 있다고 한다. 혹자는 말한다. 그런 것들은 이미 오래전에 지난 일인데 열여덟 살짜리 아이들이 왜 굳이 태어나기 50년 전의 정부에서 누가 총리를 맡았는지 알아야 하느냐고. 음, 글쎄······. 파시스트 정권의 학교에서 강제로 주입되었을 수도 있지만 나는 어쨌든 열여덟 살 때 우르바노 라타치나 프란체스코 크리스피가 누구인지 알고 있었다. 한 세기 전의 사람들인데도 말이다.

과거와 우리의 관계는 이미 학교에서부터 달라졌을 가능성이 높다. 옛날 우리는 과거에 무척 관심이 많았

* Aldo Moro(1916~1978). 이탈리아 전직 총리로 급진 좌파 테러 단체인 붉은 여단에 납치되어 54일 만에 시체로 발견되었다.
** Alcide De Gasperi(1881~1954). 이탈리아 왕국의 마지막 총리이자 이탈리아 공화국의 초대 총리.
*** Pietro Badoglio(1871~1956). 〈이탈리아 원수〉 칭호를 받은 장군.

다. 현재에 관한 뉴스가 그리 많지 않았던 탓이다. 당시 신문이 총 8면에 세상의 모든 소식을 담은 것을 봐도 알 수 있다. 그런데 대중 매체의 등장과 함께 우리는 정보의 홍수를 경험하고 있다. 인터넷에서는 매 순간 일어나는 수백만 가지 일들이 전혀 알 필요도 없는 일까지 포함해서 실시간으로 중계된다. 대중 매체에서 보도되는 과거들, 예를 들어 로마 황제나 사자왕 리처드 1세의 행위들, 제1차 세계 대전의 발발 같은 것들은 할리우드나 다른 비슷한 산업을 통해 현재에 대한 정보의 홍수와 함께 우리에게 전달된다. 대중 매체를 이용하는 사람에게는 스파르타쿠스와 리처드 1세 시대의 차이를 파악하는 것은 무척 어렵다. 그로써 허구와 실제의 구분은 무너지거나, 아니면 최소한 모호해진다. 텔레비전으로 영화를 보는 아이가 스파르타쿠스는 실존 인물이고 『쿠오바디스』에 나오는 마르쿠스 비니키우스는 그렇지 않다는 것, 카스틸리오네 백작 부인은 역사적 인물이고 엘리사 디 리봄브로사는 그렇지 않다는 것, 폭군 이반은 실존 인물이고 몽골 제국의 밍 황제*는 허구의 인물이라는 걸 어떻게 알겠는

* 미국 SF 만화인 「플래시 고든」에 등장하는 인물.

가? 그렇게 서로 닮아 보이는데 말이다.

미국 문화에서는 과거를 현재에 동화시키는 이런 일이 거리낌 없이 이루어지고 있다. 심지어 본인이 철학 교수임에도 다음과 같이 당당히 말하는 사람도 있다. 〈인간의 생각하는 방법에 대해 데카르트가 말한 것을 이제는 굳이 알 필요가 없다. 중요한 건 오늘날 인지 과학이 그중 얼마나 많은 것을 과학적으로 밝혀냈느냐 하는 것뿐이다.〉 이렇게 말하는 사람은 인지 과학이 지금의 위치에 도달하게 된 게 17세기 철학자들이 그와 관련한 토론을 시작했기 때문이라는 사실을 잊고 있다. 그게 아니더라도 과거의 경험에서 미래의 교훈을 끌어내려는 시도를 포기하고 있다.

많은 사람이 역사를 인생의 스승으로 받아들여야 한다는 말을 곰팡내 풀풀 나는 서당 훈장의 잔소리 정도로 치부하지만, 그럼에도 분명한 건 있다. 만일 히틀러가 나폴레옹의 러시아 원정을 면밀히 연구했더라면 과거와 똑같은 덫에 빠지지 않았을 것이고, 부시가 19세기 영국의 아프가니스탄 전쟁을 잘 알고 있었더라면, 아니 최소한 소련이 초기 탈레반과 벌인 최근의 전쟁이라도 제대로 알고 있었다면 아프가니스탄 원정을 다르게 기획했을 것이다.

처칠을 허구의 인물로 여기는 영국의 골 빈 사람들
과 15일이면 문제를 깔끔하게 해결할 거라는 믿음으
로 미군을 이라크로 보낸 부시 사이에는 엄청난 차이
가 있는 것처럼 보이지만 실은 그렇지 않다. 둘 다 역
사에 대한 무지에서 비롯된 현상이다.

2008년 3월 21일

아름다운 것은 추하고, 추한 것은 아름답다?

헤겔은 기독교와 함께 비로소 고통과 추함이 예술적으로 표현되기 시작했다고 말한다. 〈채찍질당하고, 가시관에 찔리고, 십자가를 끌고 처형장으로 가고, 십자가에 못 박혀 끔찍한 고통 속에서 서서히 죽어 가는 그리스도의 모습은 고대 그리스의 미적 형식으로는 표현될 수 없다〉는 것이다. 헤겔의 말은 틀렸다. 그리스의 예술 세계에는 새하얀 대리석으로 만든 아프로디테의 아름다움만 있었던 것이 아니라 산 채로 살갗이 벗겨지는 마르시아스의 고통과 오이디푸스의 불안, 메데이아의 치명적인 번뇌도 있었다. 기독교 회화와 조각에도 비록 멜 깁슨*의 사디즘까지는 아니더라

---

* Mel Gibson(1956~). 예수의 수난사를 다룬 영화 「패션 오브 크라이스트」의 감독.

도 고통으로 일그러진 얼굴들이 없지 않다. 헤겔이 특히 독일과 플랑드르 회화를 떠올리면서 언급한 바와 같이 예수 박해자들을 표현할 때 주를 이룬 것은 고통스러운 일그러짐이었다.

그런데 누군가 내게 히로니뮈스 보스의 예수 수난사 그림을 보면서 내가 놓치고 있던 사실을 지적해 주었다. 무섭게 생긴 두 형리 말고 다른 두 사람을 주목하라는 것이다. 오늘날의 록 가수나 그 팬들이 보면 무척 부러워할 만한 사람들이었는데, 한 명은 턱에 이중 피어싱을 했고 다른 한 명은 얼굴에 작은 금속 봉을 피어싱했다. 보스는 이런 식으로 악의 화신을 표현하고 싶었을 것이다. 그런 의미에서 보자면, 문신을 하거나 그 밖의 다른 방식으로 신체를 훼손한 사람은 타고난 범죄자라는 체사레 롬브로소*의 확신을 15세기에 벌써 보여 줬다고 말해도 될 듯하다. 아무튼 오늘날에는 혀에 피어싱을 한 젊은이를 보고 불편해할 수는 있을지언정 그들을 선천적인 범죄자로 낙인찍는 것은 상식적으로도 어긋나고 범죄 통계에도 맞지 않는다.

그런데 똑같은 젊은이들이 조지 클루니나 니콜 키

* Cesare Lombroso(1835~1909), 이탈리아의 범죄학자.

드먼처럼 〈고전적〉인 아름다움에도 껌뻑 죽는 것을 보면 그 친구들에게 자신의 부모와 똑같은 습성이 있는 것은 분명해 보인다. 이들은 한편으론 르네상스의 황금 비율로 제작된 자동차와 텔레비전을 구입하거나 스탕달 신드롬*을 느끼려고 우피치 미술관으로 몰려가고, 그러면서도 다른 한편으론 피와 살점이 사방으로 튀는 스플래터 영화를 즐기고 자신의 아이들에게 공룡이나 괴물 장난감을 사 주고, 또 자기 손에 구멍을 내고 사지를 스스로 고문하고 자기 생식기를 훼손하는 예술가의 해프닝을 보러 간다.

부모건 자식이건 지난 세기에는 끔찍하게 여겨지던 것만 골라 즐기면서도 아름다운 것과 교류하는 일도 거부하지 않는다. 혐오스러운 것을 즐기는 문화가 퍼진 것은 미래주의자들이 시민에게 충격을 가하려고 〈추악한 것을 용감하게 문학으로 만들자!〉라는 구호를 외치면서 시작되었다. 거기엔 작가 알도 팔라체스키의 역할이 적지 않다. 그는 1913년에 「일 콘트로돌로레 Il controdolore」에서 이렇게 제안했다. 아이들을

* 뛰어난 예술 작품을 보고 순간적으로 흥분 상태에 빠지거나 호흡 곤란, 황홀경, 마비 등 이상 증세를 보이는 것을 말한다. 스탕달이 처음 이 현상을 느끼고 기록했다고 해서 이런 이름이 붙었다.

건전한 방식으로 추하게 키우려면 교육용 장난감으로 특별한 인형들을 선물해야 한다. 〈등이 굽고, 눈이 멀고, 손발이 문드러지고, 다리를 절고, 결핵에 걸리고, 성병에 걸리고, 기계적으로 울부짖고, 비명을 지르고, 쉼 없이 징징거리고, 간질 발작을 일으키고, 피를 철철 흘리고, 고름이 흐르고, 페스트와 콜레라, 치질, 정신병으로 고통받고, 기절하고, 숨을 헐떡거리며 죽어 가는〉 인형들을 말이다. 오늘날 우리는 특정한 경우에만 (고전적인) 미를 즐기고, 아름다운 아이와 아름다운 경치, 아름다운 그리스 조각상에서 미를 알아본다. 그 밖의 다른 상황에서는 어제까지만 해도 지극히 추악하게 느끼던 것에서 즐거움을 얻는다.

일부에선 이렇게 주장한다. 포스트모던의 세계에선 아름다움과 추함의 대립이 모두 사라졌다고. 이는 단순히 『맥베스』에서 마녀들이 〈아름다운 것은 추하고, 추한 것은 아름답다〉고 말하는 차원이 아니다. 둘의 가치가 융합됨으로써 그것을 가르는 특성들까지 완전히 사라졌다는 뜻이다.

맞는 말일까? 만일 청년이나 예술가들의 그런 행동 양태가 단순히 주변부 현상에 지나지 않는다면? 그것도 지구의 전체 주민 수에 대면 아주 적은 사람들만 열광하는 현상에 불과하다면? 텔레비전에서는 배만 불룩 튀어나왔을 뿐 뼈만 남은 굶주린 아이들이 수시로 나온다. 우리는 침략군에게 강간당한 여자들의 이야기를 듣고, 무자비하게 고문당한 사람들의 이야기도 안다. 게다가 그리 오래되지 않은 과거에 가스실로 끌려 들어간 또 다른 해골 같은 사람들의 모습도 우리 눈앞에 반복해서 아른거린다. 우리는 어제 바로 고층 건물의 폭발이나 비행기 추락으로 사지가 갈기갈기 찢긴 몸뚱이들을 보고, 어쩌면 내일 바로 우리 자신에게 그런 일이 일어날지 모른다는 두려움 속에서 살아간다. 이 모든 것이 **추하다는 것**은 누구나 안다. 아무리 미학적 판단이 상대적이라고 하더라도 그런 것들까지 쾌락의 대상으로 삼을 수는 없다.

사이보그, 스플래터 영화, 괴물 영화, 재난 영화는 대중에게 열광적인 찬사를 받지만, 어쩌면 이 모든 것이 실은 허구일 뿐이라고 치부함으로써 우리 자신을 짓누르고 포위하고 두려움으로 가득 채우는 저 심층의 추함을 무시하고 내쫓으려는 외적 몸부림일지 모른다.

2006년 9월 14일

신은 안다, 내가 바보라는 걸

그저께 나는 마드리드에서 나의 왕과 점심 식사를 같이 했다. 오해를 피하기 위해 덧붙이자면, 나는 공화정의 열렬한 옹호자이지만 2년 전 레돈다 왕국의 공작에 임명되었다. 〈*Duque de la isla del Día de Antes*(전날의 섬 공작)〉*라는 칭호와 함께. 나 말고도 페드로 알모도바르, 앤토니아 수전 바이엇, 프랜시스 포드 코폴라, 아르투로 페레스 레베르테, 페르난도 사바테르, 피에트로 치타티, 클라우디오 마그리스, 레이 브래드버리 같은 사람들이 공작 작위를 받았는데, 모두 왕이 호의적으로 생각하는 사람이라는 공통점이 있다.

카리브해에 있는 레돈다섬은 60헥타르가 채 되지 않는 면적에 길쭉한 형태의 무인도이다. 지금까지 이

* 에코의 소설 『전날의 섬 *L'isola Del Giorno Prima*』에서 따온 칭호.

왕국의 군주들 가운데 자신의 영토에 실제로 발을 들여놓은 사람은 아무도 없을 거라고 나는 확신한다. 1865년 매슈 다우디 실이라는 한 은행가가 이 섬을 사들인 뒤 빅토리아 여왕에게 섬을 자치 구역으로 승격시켜 달라고 청했다. 이깟 섬 하나 자치국으로 인정한다고 해서 영국 식민 제국에 무슨 위험이 생기는 것도 아니라고 판단한 여왕은 자애롭게 그 청을 들어주었다. 수십 년이 지나면서 레돈다섬은 여러 군주의 손을 거쳤고, 그중 몇몇은 공작 칭호를 여러 번 팔아 치우는 바람에 왕위 계승 싸움을 불러일으키기도 했다. (이 섬을 둘러싼 복수(複數)의 왕조 이야기를 더 자세히 알고 싶으면 위키피디아에서 〈레돈다〉 항목을 찾아서 읽기 바란다.) 1997년 이 왕국의 마지막 왕은 스페인의 한 유명 작가, 그러니까 그 작품이 수많은 언어로 번역된 하비에르 마리아스를 위해 왕위에서 물러났고, 이때부터 마리아스는 신이 나서 자기 맘에 드는 사람을 남자건 여자건 공작에 임명하기 시작했다.

이 이야기는 당연히 파타피지크* 같은 익살의 냄새를

* 프랑스의 극작가 알프레드 자리Alfred Jarry(1873~1907)가 만든 이 개념은 온갖 우스꽝스러운 부조리로 가득한 사이비 철학이나 사이비 과학을 의미한다.

약간 풍기지만, 공작이 된다는 건 결코 쉽게 찾아오는 기회가 아니다. 하지만 핵심은 다른 데 있다. 우리의 대화 중에 하비에르 마리아스는 뭔가 충분히 곱씹어 볼 만한 문제를 끄집어냈다. 우리는 요즘 사람들이 텔레비전 화면에 나오기 위해서라면 무엇이건 할 용의가 있는 세태를 두고 토론하는 중이었다. 설사 인터뷰하는 사람의 뒤에서 손을 흔들거나 터무니없이 V자를 그리는 바보 같은 모습으로 나오더라도 말이다. 최근에 이탈리아에서는 잔인하게 살해된 한 젊은 여자의 오빠가 고통스러운 얼굴로 매스컴을 타는 영예를 누렸다. 그 뒤 그는 마약 판매와 섹스 파티로 몇 차례 감방을 들락거린 전력이 있는 연예 기획사 대표 렐레 모라를 찾아가 텔레비전에 나갈 수 있게 해달라고 부탁했다. 자신의 비극적인 유명세를 적절히 활용하기 위해서였다. 요즘엔 텔레비전에 나오려고 공개적으로 아내가 바람이 났다고 털어놓고, 스스로 발기 부전이라거나 사기꾼이라고 말하는 사람들이 있다. 심지어 범죄 심리학자들의 연구에 따르면 연쇄 살인범 중에도 마지막에 체포되어 유명해지는 것이 범죄의 주 동기일 때가 드물지 않다는 사실이 밝혀졌다.

우리는 이런 미친 짓이 대체 어디서 비롯되었는지 궁금했다. 마리아스는 인간이 더 이상 신을 믿지 않아서 그렇다는 과감한 가정을 내놓았다. 옛날 사람들은 자신이 무슨 짓을 하건 항상 자신을 지켜보고, 자신의 모든 행동과 생각을 읽고, 자신을 이해하고, 또 필요할 땐 벌까지 내릴 수 있는 존재가 최소한 하나는 있다고 확신했다. 누구는 공동체에서 버림받기도 하고, 누구는 아무짝에도 쓸모없는 인간이기도 하고, 심지어 누구는 주변 사람들에게 무시당하고 죽은 지 몇 분 만에 모두가 까맣게 잊어버리는 〈가련한 인생〉일 수 있다. 하지만 적어도 저 위의 한 존재만큼은 자신을 알아줄 거라는 확신을 품고 살아갔다.

자식들에게 버림받은 병든 할머니는 말한다. 〈이 괴로운 마음을 신은 알 거야.〉 부당하게 유죄 판결을 받았다고 생각하는 사람은 이렇게 스스로 위안한다. 〈신은 내가 죄가 없다는 걸 알 거야.〉 어머니는 배은망덕한 아들에게 말한다. 〈내가 너를 위해 얼마나 고생했는지 신은 알 거야.〉 버림받은 애인은 이렇게 소리친다. 〈신은 내가 얼마나 너를 사랑하는지 알 거야.〉 운명의 시련에 빠져 고통받고 있지만 아무에게도 관심을 받지 못하는 사람은 이렇게 한탄한다. 〈내가 어떤 일들을 겪었는지는 신만이 알 거야.〉 이처럼 신은 모르는 것이 없고, 날카롭고 정의로운 눈으로 김빠지고 진부하기 짝이 없는 삶에도 하나의 의미를 부여하는 존재로서 인간들에 의해 거듭 소환된다.

모든 것을 꿰뚫어 보는 이 위대한 증인이 사라지거나 쫓겨나고 나면 뭐가 남을까? 사회의 눈, 타인의 눈이 남는다. 사람들은 남들에게 잊히지 않기 위해, 이 사회에서 익명의 블랙홀에 빠지지 않기 위해 속옷만 입은 채로 술집 테이블 위에서 춤을 추는 얼간이 짓도 마다하지 않는다. 모두 남의 눈을 의식한 행동이다. 텔레비전 출연은 저 초월적인 존재를 대신하는, 전체적으로 고마운 유일한 대용품이다. 왜냐하면 우리는 텔레비전이라는, 현실과 다른 피안의 세계에 들어가 있고, 그 피안에서 남들에게 자신을 보여 줄 수 있기 때문이다. 여기 지상의 피안에서는 모두가 우리를 본다. 우리 자신도 여기 아래에 있다. 비록 재빨리 사라지는 덧없는 순간이지만 이때만큼은 불멸의 느낌을 즐기고, 그와 동시에 지상의 우리 집에서 천국으로의 비상을 축하받을 가능성이 열린다. 생각해 보라. 그게 얼마나 황홀한 일일지!

　다만 어리석은 일은 이런 경우 사람들이 〈알아본다〉는 의미를 착각하고 있다는 것이다. 우리는 자신의 성취나 희생, 또는 그 밖의 좋은 특성을 남들이 〈알아주기〉를 원한다. 하지만 우리가 텔레비전에 나온 다음 날 누군가 카페에서 우리를 보고는 〈야, 어제 너 텔레비전에 나온 거 봤어!〉 하고 말한다면 그건 단순히 네 얼굴을 알아봤다는 것이지, 너를 알아준다는 뜻은 아니다.

2010년 12월 23일

나는 트위터를 한다, 그러므로 존재한다

　나는 트위터도, 페이스북도 하지 않는다. 그건 헌법
이 허용한 권리다. 그런데 트위터에 내 가짜 계정이 있
는 게 분명하다. 그걸 안 순간 나는 꼭 카살레조*의 짝퉁
이라도 된 기분이었다. 한번은 어떤 부인을 만났는데,
느닷없이 내게 감사의 인사를 했다. 트위터에서 내 글
을 잘 보고 있고, 심지어 가끔 나와 대화를 주고받으며
지적으로 많은 도움을 받고 있다는 것이다. 나는 트위
터상의 그 인물은 가짜 에코가 틀림없다고 점잖게 설명
했지만, 부인은 마치 자기를 자기가 아니라고 말하는
사람을 마주하고 있는 것처럼 나를 빤히 바라보았다.
트위터를 하지 않으면 존재하지도 않는다고 생각하는

　* Gianroberto Casaleggio(1954~2016). 부패 척결과 투명 사회를 내
건 〈오성(五星) 운동〉의 공동 설립자이자 막후 실력자. 몇몇 가명으로 블
로그를 운영했고, 유령 작가로 남의 책을 대필해 주기도 했다.

사람의 표정이었다. 데카르트의 말을 변주하자면 〈트위토, 에르고 숨 *Twitto, ergo sum*〉이다.

　나는 더 이상 그분을 설득하려고 애쓰지 않았다. 부인이 나를 좋게 생각한 건 가짜 에코가 듣기 좋은 말만 했기 때문일 터인데, 나로서는 그녀가 나에 대해 어떤 생각을 하든 이탈리아 역사는 물론이고 세계 역사, 심지어 내 개인사조차 전혀 바뀌지 않을 거라고 생각했기 때문이다. 언젠가는 또 다른 부인이 내게 정기적으로 엄청난 양의 서류를 우편으로 보내왔다. 자신을 박해하는 누군가를 고발하려고 대통령과 다른 저명인사들에게도 이 자료를 모두 보냈다고 하는데, 매주 내 칼럼이 자기편을 들고 있다는 생각이 들어서 이제는 내게도 보내게 되었다는 것이다. 그러니까 부인은 내가 무엇을 쓰건 항상 자신의 개인 문제와 연결해 읽은 것이 분명하다. 나는 부인의 주장에 토를 달지 않았다. 그래 봤자 어차피 들을 것도 아니고, 또 부인의 지극히 개인적인 편집증으로 인해 중동 정세에 무슨 변화가 생길 것도 아니기 때문이다. 나는 한 번도 답장을 보내지 않았기에 부인은 이제 다른 누군가를 찾아 괴롭히고 있을 것이다. 누군지는 모르지만.

트위터에서 표출되는 의견들이 하찮아질 수밖에 없
는 이유는, 거기서는 입 뚫린 사람이라면 누구나 한마
디씩 한다는 데 있다. 트위터엔 메주고리예의 성모 발
현을 믿는 사람도 있고, 손금을 믿는 사람도 있으며,
9·11 테러가 유대인에 의해 기획되었다고 확신하는 사
람, 심지어 『다빈치 코드 *The Da Vinci Code*』의 저자 댄
브라운을 신봉하는 사람도 있다. 나는 텔레세와 포로가
진행하는 민영 방송 LA7의 정치 토크 쇼에서 내보내는
트위터 뉴스를 들으며 항상 신기해한다. 이런저런 문제
를 다루면서도 어떻게 된 게 하나같이 남의 의견에 반
대하는 이야기만 하고, 상식적이지 않은 몇몇 극단적인
정신 이상자들의 생각만 전한다.

트위터는 시골 마을이나 도시 외곽에 대형 TV 화면
을 갖다 놓고 스포츠 경기를 틀어 주는 술집과 비슷하
다. 거기엔 동네 바보를 비롯해 이놈의 정부가 없는 사
람들의 주머니만 턴다고 불평하는 영세업자, 대학 병
원 해부학 교수 자리에 지원했다가 떨어져서 괴로워
하는 보건소 의사, 이미 혀가 꼬인 취객, 로마 외곽 순
환 도로에서 영업하는 춘부(春婦)에 대해 게거품을 물
고 이야기하는 화물차 운전사, 그리고 가끔은 이성적

인 얘기도 하는 사람들까지 온갖 인간 군상이 다 모여 자기 하고 싶은 말을 내뱉는다. 거기서 오가는 말은 모두 그 자리에만 머문다. 술집에서의 수다가 국제 정치를 바꾸지는 못한다. 다만 파시즘 정권만이 술집에서 오고 가는 수다로 정치가 바뀔 것을 걱정해서 그런 곳에서 정치 이야기를 금지한 바 있다. 그러나 전체적으로 보면 다수의 생각은 각자 자기 생각을 내놓은 뒤 집계되는 투표용지의 수로 나타날 뿐이다. 누군가 다른 사람이 내놓은 의견이 선택되면 술집에서 말했던 것들은 모두 잊히고 만다.

이처럼 트위터상에는 별 의미 없는 가벼운 의견들이 난무한다. 그건 아무리 거대한 이념이라도 140자 이하로 표현해야 한다는 규정 때문인 것 같기도 하다. 예를 들어 〈이웃을 너 자신처럼 사랑하라!〉라는 표현처럼 말이다. 하지만 애덤 스미스의 『국부론*The Wealth of Nations*』에 대해 쓰려면 그보다 더 많은 글자가 필요하고, $E=mc^2$의 의미를 설명하려면 그보다 훨씬 많은 글자가 필요하다.

그렇다면 엔리코 레타 같은 권력자들까지 왜 트위터를 하는 것일까? 내각 수반으로서 자신의 의견을 성

명서 형태로 뉴스 통신사에 보내면 곧바로 신문과 텔레비전에 보도되어 인터넷을 하지 않는 수많은 사람에게도 전달할 수 있는 사람이 말이다. 그건 교황도 마찬가지다. 교황은 자신의 축복과 강론을 텔레비전을 통해 수백 수천만 명의 사람에게 전달해 놓고도 왜 바티칸의 많은 신학 연구생에게 다시 짧은 말로 요약해서 인터넷에 올리게 하는 것일까? 솔직히 난 그 이유를 잘 모르겠다. 아마 누군가 인터넷 이용자들을 자기 편으로 끌어들이는 데 도움이 된다고 설득했을지 모른다. 그래, 백번 양보해서 엔리코 레타와 프란치스코 교황은 뭐 그럴 수 있다고 치자. 하지만 세상의 그 많은 장삼이사나 필부들은 대체 왜 트위터를 하는 것일까?

혹시 잠깐이라도 자신이 총리나 교황과 비슷한 사람이 된 것 같은 느낌을 즐기기 위해서일까?

2013년 11월 21일

사생활의 상실

우리를 불안하게 하는 이 시대의 많은 문제 중 하나는, 언론의 말을 믿을 수 있다면 이른바 **사생활**이다. 그런데 사생활이라는 말보다는 그냥 〈프라이버시*privacy*〉라고 쓰는 편이 훨씬 쉽게 들어오고, 뭔가 있어 보인다. 아무튼 일반적으로 보자면 이것이 뜻하는 바는 분명하다. 모든 인간에겐 타인, 특히 권력 기관이 알지 못하게 자기만의 개인적인 생활을 지킬 권리가 있다는 것이다. 그래서 이러한 프라이버시를 보장하는 장치가 곳곳에 마련되어 있다. 누군가 우리의 신용 카드 사용 내역을 열람해서 우리가 언제 무엇을 샀는지, 어떤 호텔에 묵었는지, 저녁엔 어디서 무엇을 먹었는지 알아내는 걸 원하는 사람은 없다. 범죄에 연루된 것이 확인되지 않은 이상 우리의 통화 내역이 밝혀지거나 우리의 통신

내용이 감청되는 것은 두말할 필요도 없다. 그런 차원에서 최근엔 보다폰 통신사가 긴급 통화 서비스를 폐지하기도 했다. 세계의 웬만한 비밀 첩보원이라면 누구나 우리가 누구와 통화했고, 무슨 말을 했는지 알아낼 가능성이 있다는 이유로 말이다.

그렇다면 프라이버시는 모두가 한마음으로 지켜 내고자 하는 선인 것처럼 보인다. 우리가 무엇을 했는지, 심지어 무슨 생각을 하는지 어디서건 감시하고 파악할 수 있는 진정한 〈빅 브라더〉의 세계에서는 살고 싶지 않기 때문이다.

그런데 문득 이런 의문이 든다. 사생활이라는 게 실제로 우리한테 그렇게 많을까? 예전엔 프라이버시의 가장 큰 위협 요소는 남들의 구설수였다. 그게 무서웠던 이유는 그로 인해 우리의 사회적 위신이 치명상을 입고, 자신의 치부가 남들에게 공공연히 드러났기 때문이다. 그런데 오늘날엔 어쩌면 이른바 유동 사회 때문에, 그러니까 모두가 정체성 위기와 가치 혼란에 빠져 방향타가 되어 줄 기준점을 상실한 이 유동 사회 때문에 사회적 인정을 받기 위한 유일한 방법은 어떤 대가를 치르더라도 자신을 〈드러내는 것〉이 되었는지 모른다.

그래서 예전에는 부모나 친구에게 자신이 무슨 일을 하는지 숨기려 했던 여자들도 요즘엔 〈에스코트 걸〉이라는 명칭까지 당당히 써가면서 자신의 공적인 역할을 받아들이고, 심지어 텔레비전에까지 나와 자신의 이야기를 떳떳하게 들려준다. 과거에는 남들 이목 때문에 가정 내 싸움을 꼭꼭 숨겼던 부부도 이제는 흔쾌히 쓰레기 같은 방송에 나와 관객들의 박수갈채 속에서 어떤 때는 바람을 피운 역할로, 어떤 때는 파트너에게 배신당한 역할로 자신을 드러낸다. 버스나 기차에서도 사람들은 핸드폰으로 큰 소리로 통화하면서 남들이야 듣든 말든 자신의 가정사를 미주알고주알 털어놓고, 자신의 세금 신고를 대행해 주는 세무사가 무슨 일을 해야 할지 소상히 이야기하기도 한다. 심지어 쫓기는 범죄자들도 예전처럼 사회적 분노가 가라앉을 때까지 시골로 도망가 숨는 것이 아니라 입가에 미소를 지으며 사람들 앞에 나타나길 좋아한다. 모두에게 무시당하는 성실한 사람보다는 세상 사람이 모두 알아보는 도둑이 되고 싶은 것이다.

얼마 전 일간지 『라 레푸블리카*La Repubblica*』에 지그문트 바우만의 글이 실렸는데, 거기서 그는 이렇게 설명했다. 타인의 생각과 감정을 감시하는 도구 역할을 하는 페이스북 같은 소셜 네트워크는 여러 권력 기관의 통제 수단으로 이용되기도 하지만, 사용자들의 열정적인 기여 덕분에 우리를, 바우만의 표현에 따르면 〈고백 사회〉로 이끈다. 이 사회는 〈공개적인 자기표현을 구성원들의 사회적 실존을 증명하는 중요하고도 쉽게 이해되는 명확한 증거의 지위로까지 승격시킨다.〉 달리 표현하자면, 인류 역사상 처음으로 비밀 탐지의 대상이 비밀을 캐야 하는 스파이의 일을 덜어 주려고 그들과 협력하는 것이다. 게다가 그들은 이러한 항복에서 만족감을 얻는다. 그들이 존재하는 동안 누군가는 그들을 **보고 있기** 때문이다. 이때 그들이 범죄자로 보이건, 바보로 보이건 그건 문제가 안 된다.

하지만 다른 진실도 있다. 언젠가 누군가 모두에 대해 모든 것을 알고, 이 **모두**가 지구 주민 전체로까지 확장되는 일이 벌어진다면 이런 식의 정보 과잉은 혼란과 소음, 침묵만 불러올 뿐이다. 물론 그로 인해 불안한 건 스파이뿐이다. 반면에 비밀 탐지의 대상이 되는 사람들은 자신과 자신의 비밀에 대해 친구건 이웃이건, 아니면 적까지 다 알고 있다고 해도 사는 데 아무 지장이 없다. 그들은 그런 식으로만 자신이 살아 있다고, 또 사회의 능동적인 일원이라고 느끼기 때문이다.

2014년 6월 13일

늙은이들이 살아남는 방법

2주 전, 특히 외교 분야에서 위키리크스가 도입한 새로운 투명화 과정의 결과에 대해 상상해 보다가 피식 웃음이 터졌다. 모호한 공상 과학 같은 판타지였지만, 그들이 출발점으로 삼은 전제만큼은 누구도 부인할 수 없다. 외부에 알려져서는 안 될 일급 비밀이 해킹되면 무언가는 틀림없이 바뀐다는 것이다. 최소한 그런 자료를 보관하는 방법이라도 말이다.

그런데 새해에는 왜 아무도 부정할 수 없는 사실에서 다른 외삽법*적 추정이 시도되지 않을까? 과장을 좀 보태 그게 종말론적인 버전으로 흘러가더라도 말이다. 사실 사도 요한이 오늘날까지 유명해진 것도 그런 방식

---

* 과거의 추세가 장래에도 그대로 지속되리라는 전제 아래 과거의 추세를 연장해 미래 일정 시점의 상황을 예측하고자 하는 미래 예측 기법. 투사법이라고도 한다.

덕분이다. 그러니까 우리가 겪고 있는 갖가지 불행을 가만히 들여다보면 요한이 예언한 대로 흘러가고 있는 게 아니냐는 생각이 슬그머니 드는 것이다. 나는 이제 이 자리에서 「요한 계시록」의 집필 장소인 파트모스섬의 두 번째 예언자를 자청하고자 한다.

최소한 우리 나라에서는(그래, 이건 우리 나라로 제한하는 게 좋겠다) 노인의 수가 젊은이를 점점 추월하고 있다. 예전에는 평균 예순이면 죽었다. 오늘날엔 아흔까지 산다. 연금과 사회 보조금을 30년이나 더 받아먹는다는 말이다. 알다시피 연금과 사회 보조금은 젊은이들이 지불한다. 젊은이들이 열심히 일해서 수많은 노인을 먹여 살린다는 뜻이다. 그런데 이런저런 공공 기관이나 민간 기업에 가보면 꼭대기를 차지하고 있는 사람은 여전히 죽지 않고 버티는 노인들이다. 최소한 치매가 올 때까지, 아니 그 이후에도 말이다. 반면에 정작 청년들은 일자리가 없어 아우성치고, 그래서 노인들의 연금이나 보조금을 낼 능력이 없다.

이런 상황에서 외국 투자자들은 아무리 국가가 군침이 도는 이율로 국채를 발행해도 더 이상 신뢰를 보이지 않는다. 따라서 연금용 자금은 그런 식으로 마련

할 수 없다. 그럼에도 일자리가 없는 젊은이들은 다른 방법이 없는 한 어쩔 수 없이 은퇴한 부모나 조부모에게 손을 벌려야 한다. 비극이다.

이런 상황을 해결할 가장 손쉬운 방법은 명약관화하다. 젊은이들이 자식 없는 노인들을 죽이는 것이다. 그러기 위해서는 제거 명단부터 작성해야 한다. 하지만 그것으로는 충분치 않다. 자기 보존 본능은 어떤 상황에서도 물불을 가리지 않고 작동하기에 젊은이들은 자식 있는 노인, 즉 자신들의 부모까지 제거할 수밖에 없다. 가혹한 일이지만 습관이 되면 괜찮다. 〈난 예순밖에 안 됐어!〉〈괜찮아요, 아빠, 우린 영원히 살지 않아요. 학살 수용소로 가는 마지막 여정을 위해 기차역까지 모셔다드릴 게요.〉 그런 할아버지를 보고 손자들도 〈잘 가요, 할아버지!〉 하고 외친다. 노인들이 반발해서 숨기 시작하면 그때부터 노인 사냥이 시작된다. 밀고자들의 도움을 받아 가며. 그 옛날 유대인도 그런 식으로 깔끔하게 처치했는데, 연금 생활자라고 해서 안 될 이유가 어디 있겠는가?

그런데 아직 은퇴하지 않은 노인들, 그러니까 여전히 힘이 있는 노인들은 그런 운명을 흔쾌히 받아들일까? 처음엔 자신들의 잠재적인 킬러를 세상에 내보내지 않기 위해 자식을 낳지 않으려 할 것이다. 그러면 젊은이들의 수는 점점 줄어들 수밖에 없다. 그러다 결국 산업계의 늙은 수장들과 언론의 늙은 제왕들은 그동안 수천 번의 전투로 축적된 내공을 토대로, 안됐지만 자식과 손자들을 죽이기로 마음먹는다. 물론 자식들이 자신들에게 할지도 모를, 학살 수용소 같은 곳으로 보내는 방법을 택하지는 않을 것이다. 어쨌든 그 사람들은 가족과 조국이라는 전통적인 가치에 묶인 세대이기 때문이다. 그 대신 전쟁을 부추겨 수많은 젊은이를 이 땅에서 싹쓸이하려고 할 것이다.

이렇듯 우리는 젊은이는 거의 없고 노인들만 북적거리는 나라에 살게 될 것이다. 제 세상을 만난 듯 활개를 치고 돌아다니는 노인들은 조국을 위해 용감하게 목숨을 바친 젊은이들에게 환호를 보내고 곳곳에 기념비를 세운다. 그런데 노인에게 연금을 주려면 누군가는 일을 해야 할 텐데, 누가 할까? 대안이 있다. 이탈리아 국적을 취득하려고 안간힘을 쓰고, 지금도 곳곳에서 저임금과 고된 노동에 시달리는 이민자들이 그들이다. 이들은 예부터 늦어도 쉰 살이면 죽곤 하는

데, 다른 신선한 노동력에 기존 역할을 물려줄 절호의 타이밍이다.

이제 두 세대 이내에 수백만 명의 〈갈색 피부〉 이탈리아인들이 수많은 종자(從者)를 거느린 돈 많은 백인들의 안락한 삶을 보장해 줄 것이다. 이 백인 노인들은 식민지 저택 같은 집의 베란다나 호숫가 또는 해변에서 소다를 탄 위스키를 홀짝거린다. 그곳에서 멀리 떨어진 도시 빈민가엔 홈 쇼핑에서 산 표백제로 떡칠한 유색 좀비들만 득실거린다.

덧붙이자면, 우리가 현재 게걸음으로 나아가고 있고, 진보란 그사이 퇴보와 같은 말이 되어 버렸다는 내 소신에 맞게, 사람들은 알게 될 것이다. 우리가 그 옛날 인도와 말레이군도, 중앙아프리카의 영국 식민지 제국과 비슷한 상황으로 치닫고 있음을. 의료 기술의 발달로 운 좋게 백 세까지 산 사람은 자신이 마치 말레이시아 사라왁주에서 백인 왕으로 등극한 제임스 브룩 경이 된 듯한 느낌이 들 것이다. 내가 에밀리오 살가리의 소설을 읽으면서 동경하게 된 인물이다.

2011년 1월 10일

2부

인터넷 세상

인터넷 과잉? 하지만 중국에서는……

어쩌다 보니 지난 열흘 사이 문화 관련 행사가 세 개나 잡혔다. 하나는 정보 문제에 관한 세미나였는데, 그건 뭐 딱히 토를 달 만한 것이 없을 정도로 명확했다. 나머지 두 세미나의 주제는 달랐다. 그럼에도 세 곳 모두 인터넷에 대한 시급한 문제 제기와 격렬한 토론이 이어졌다. 그건 설령 내가 호메로스를 다루는 회의에 참석했더라도 얼마든지 있을 수 있는 일이다. 믿지 못하겠다면 괜찮은 검색 엔진으로 인터넷을 검색해 보라. 호메로스에 관한 자료가 나쁜 내용이건 좋은 내용이건 얼마나 많이 쏟아지는지. 결국 호메로스 회의도 이 작가와 관련된 웹 사이트의 신뢰성 문제를 다룰 수밖에 없다. 그러지 않으면 대학생이나 연구자들이 어떤 정보를 믿어야 할지 알 수가 없을 테니까.

여기서는 내가 참석한 세미나들에서 불거진 몇 가지 쟁점만 언급하겠다. 인터넷이 정보 영역에서 민주주의의 총체적 실현이라는 대표 발제에 대해 어떤 이는 이렇게 반박했다. 오늘날 인터넷에서는 초등학생도 인종주의적 웹 사이트를 수백 개씩 접할 수 있고, 히틀러의 『나의 투쟁*Mein Kampf*』이나 「시온 장로 의 정서」*도 자유롭게 내려받을 수 있다. 게다가 일부러 검색해야만 찾을 수 있는 게 아니라 완전히 다른 것을 찾는 과정에서도 얼마든지 만날 수 있다. 재반박이 이어졌다. 인터넷에는 그런 것만 있는 것이 아니라 반인종주의적 웹 사이트도 무척 많다. 인터넷상의 민주주의는 그렇게 저절로 균형을 이루며 나아간다는 것이다.

결론은 이랬다. 히틀러는 인터넷이 나오기 전에 『나의 투쟁』을 출판해서 유포했다. 다들 알다시피 그건 성공을 거두었다. 하지만 인터넷이 나온 뒤로는 아우슈비츠 같은 일이 다시 벌어지기란 불가능에 가깝다. 이 세상 어디에서 무슨 일이 벌어지든 모든 사람이 즉

---

* 반유대주의를 조장하기 위해 만든 위조문서. 전 세계를 정복하려는 유대인의 계획이 담겨 있다.

각 알 수 있고, 그래서 누구도 그것을 몰랐다고 할 수 없는 세상이 되었기 때문이다.

며칠 뒤 이 결론에 힘을 실어 주는 일이 있었다. 한 중국 사회학자로부터 현재 중국 인터넷에서 일어나는 일들을 들었다. 중국 사용자들은 인터넷망에 직접 접속할 수 없고, 일단 국가 기관이 걸러 낸 정보들만 접속이 가능하다. 검열 상황이다. 하지만 인터넷을 검열하는 건 애초에 불가능하다. 예를 들어 보자. 당국의 여과 장치에 의해 A라는 웹 사이트의 접속은 허용되고, B라는 웹 사이트의 접속은 차단될 수 있지만, 웬만큼 인터넷을 할 줄 아는 사람은 일단 A 웹 사이트에 들어가기만 하면 거기서 다시 B로 넘어가는 방법쯤은 쉽게 찾아낼 수 있다. 게다가 〈메일링 리스트〉라는 서비스도 있다. 공통 관심 분야에 대한 정보나 메시지를 복수의 사용자들과 전자 우편으로 주고받는 시스템이다. 마지막으로 채팅방이 있다. 서방에선 잡담이나 하면서 시간을 때우는 사람들이 주로 이용하는 듯하지만, 중국은 다르다. 다른 데서는 발설할 수 없는 정치사안을 두고 마치 해방구처럼 열띤 토론을 벌인다.

인터넷 통제와 관련해서 국가 당국이 손을 들 수밖

에 없는 이유는 또 있다. 무엇을 검열해야 하는지 관료들 자신도 모른다는 것이다. 얼마 전에 읽은 내용이지만,『뉴욕 타임스』에서 자신들의 웹 사이트가 차단되었다고 중국 측에 전화로 항의했다고 한다.『워싱턴 포스트』는 멀쩡한데 말이다. 당국은 이 문제를 조사해 보겠다고 답하고는 이튿날 이렇게 통보했다. 〈다 잘됐으니 걱정하지 마라.〉이젠『워싱턴 포스트』도 차단했다는 것이다! 물론 이건 일회성 해프닝일 수 있다. 하지만 그렇지 않다. 내 기억이 정확하다면 중국 사람들은 CBS 사이트에도 접속할 수 없고, ABC에도 연결할 수 없다. 나는 그 중국 사회학자에게 당국이 무슨 이유로 그러는지 물었다. 돌아온 답이 가관이다. 별 이유가 없다는 것이다. 그냥 자신들도 뭔가를 하고 있다는 것을 보여 주려고 그러는 게 아니겠냐는 것이다. 그렇다면 그들은 어느 정도는 닥치는 대로 그러고 있을 뿐이다. 결론은 분명하다. 중국 당국과 인터넷의 싸움에서 패자는 중국 당국이 될 수밖에 없다.

세상엔 이따금 좋은 소식도 있다.

2000년 11월 16일

인터넷으로 자료를 베끼는 방법

인터넷의 세계는 늘 반복해서 논쟁을 부른다. 위키피디아에 관한 논쟁도 그중 하나다. 나는 위키피디아 편집국이 곳곳에서 밀려드는 온갖 기고문들을 얼마만큼 통제하는지 모른다. 하지만 분명하게 말할 수 있는 건, 연도나 책 제목을 확인할 목적으로 어떤 항목을 열어 보면 상당히 정확하고 좋은 정보를 담고 있다는 사실이다. 물론 아무나 글을 쓰는 그런 개방적 시스템에는 당연히 위험이 따른다. 일부 인물에 대한 틀린 정보나 사실이 실릴 수 있다. 아주 심각한 것들까지 포함해서 말이다. 그러면 당사자는 항의하고, 글은 수정된다. 나에 대한 영어권 위키피디아에는 내 이력이 부정확하게 작성되어 있어서 내가 직접 수정했다. 그 이후 틀린 곳은 더 이상 없다. 내 책 중 하나에도 잘못된 설명

이 실려 있었다. 내가 니체의 특정 이념을 〈발전시켰
다〉라고 적혀 있는데, 난 그 해설을 단호하게 거부한
다. 그래서 〈발전시켰다〉라는 말을 〈반대했다〉라고 고
쳤고, 수정된 내용은 수용되었다.

그렇다고 아직 마음을 놓기엔 이르다. 누구든 내일
당장이라도 다시 내 항목에 개입해서 장난으로건 악
의로건, 아니면 잘 몰라서건 내 말이나 행동과는 정반
대되는 내용을 내 것인 양 꾸며 놓을 수 있다. 그게 다
가 아니다. 인터넷상에는 지금도 내가 여러 작가의 이
름을 도용한 유령 인물, 즉 유명한 위조범 루서 블리셋
이라는 글이 유포되고 있다. 이런 소문의 당사자 격인
작가들이 수년 전에 벌써 커밍아웃을 통해 자기 이름
을 낱낱이 공개했는데도 말이다. 어쨌든 그로써 나는
내가 싫어하는 작가들을 소아 성애자나 〈사탄의 야
수〉*와 관련이 있는 사람으로 만듦으로써 그들의 항목
을 심각하게 오염시키는 파렴치범이 되어 버렸다.

사람들의 말에 따르면 위키피디아에는 편집 통제
외에 얼마간 시간이 지나면 잘못 기재된 것을 걸러 낼

---

* 1998년부터 2004년까지 종교적 제식의 형식을 빌려 여러 차례 살
인을 저지른 북이탈리아의 사탄 숭배 집단. 영어 위키피디아에서 〈Beasts
of Satan〉 참조.

수 있는 일종의 통계적 감시 시스템이 있다고 한다. 우리도 바라는 바이지만, 그게 오류를 막을 수 있는 절대적인 보장이 되지는 못한다. 그렇다고 모든 항목을 직접 쓰고 그에 대한 책임을 지는 지혜로운 만물박사를 기대할 수는 없는 노릇이다.

인터넷의 다른 중대한 문제와 비교하면 위키피디아의 문제는 정말 경미한 수준이다. 인터넷상에는 자격 있는 사람들이 만든 믿을 만한 사이트 외에 오류투성이 사이트도 정말 많다. 그런 곳에서는 어설픈 지식을 가진 이들의 졸렬한 글을 비롯해 정신 이상자나 심지어 나치 범죄자들의 글까지 난무한다. 그렇다고 모든 인터넷 서퍼들이 그런 웹 사이트의 신뢰성을 판단할 수 있는 것도 아니다.

바로 여기에 우리 모두 심각하게 고민해 봐야 할 교육학적 문제가 도사리고 있다. 왜냐하면 요즘은 초·중·고 학생이건 대학생이건 특정 정보를 찾아볼 일이 있으면 전문서나 백과사전을 뒤지는 것이 아니라 바로 인터넷으로 달려갈 때가 많기 때문이다. 그래서 나는 오래전부터 온라인으로 접하는 자료의 적정성 여부를 선별할 수 있는 기술을 학교에서 주요 과목으로 가르쳐야 한다고 주장해 왔다. 물론 쉽지 않은 일이다. 교사들조차 학생들과 매한가지로 그것을 구분해 내지 못해 난감해할 때가 많기 때문이다.

게다가 많은 교육자가 요즘은 중·고등학생이나 대학생들에게 과제를 내주거나 에세이를 써 오라고 하면 관련 주제를 인터넷에서 찾아보고 그냥 베껴서 제출하는 일이 허다하다고 하소연한다. 별로 믿음이 안 가는 사이트에서 쓰레기 같은 자료를 베껴 오면 그것을 알아보기가 어렵지 않으나, 매우 전문적인 주제라면 학생이 틀린 것을 써 왔는지 분간하기가 어렵다. 예를 들어 강사도 이름 정도만 아는, 잘 알려지지 않은 작가에 대한 에세이를 한 학생이 제출했고, 거기서 특정 작품을 그 작가의 작품이라고 써놓았다고 치자. 강사는 이 작가가 그런 책을 쓴 적이 없다고 말할 수 있을까? 그의 책상 위에는 수십 개의 과제물이 쌓여 있는데, 그걸 일일이 검토하고 확인할 시간이 있을까?

다른 사례도 있다. 한 학생이 보고서를 제출했는데, 방향도 올바르고 내용도 충실해 보인다. 하지만 이것 역시 인터넷에서 베낀 내용이다. 나는 이건 그렇게 나쁘다고 생각하지 않는다. 잘 베끼는 것도 쉬운 일이 아니다. 정확하고 올바른 자료를 찾아낼 줄 아는 학생은 좋은 점수를 받을 권리가 있다. 사실 인터넷이 없던 시절에도 학생들은 도서관에서 관련 책을 찾아 베꼈다. 그런 면에선 바뀐 건 전혀 없다. 다만 옛날엔 품이 좀 더 들었을 뿐이다. 훌륭한 강사라면 어떤 과제물이 무작위로 베낀 것인지 바로 알아내고, 변조나 위조의 냄새도 쉽게 감지할 수 있어야 한다. 하지만 반복하자면 좋은 자료를 잘 찾아내서 베낀 것은 칭찬할 만한 일이라고 생각한다.

게다가 인터넷의 결함을 교육적으로 활용할 효과적인 방법도 있을 듯하다. 예를 들어 학생들에게 다음과 같은 과제를 주고 에세이나 보고서를 제출하라고 하는 것이다. 〈어떤 주제에 대해 인터넷상에서 전혀 신빙성이 없어 보이는 일련의 자료들을 찾아보고, 그것들이 왜 신빙성이 없는지 이유를 설명하시오!〉 이는 여러 자료를 비교하는 기술과 비판 능력을 요하는 과제인 동시에 어떤 것이 옳고 그른지를 분간하는 기술을 연마할 기회이기도 하다.

2006년 1월 12일

시인들은 어디로 가는가?

지난 토요일 『코리에레 델라 세라*Corriere della Sera*』 지에 겉으로는 여름 비수기의 전형적인 논쟁 같아 보이지만 실은 그렇지 않은 논쟁이 포문을 열었다. 나니 발레스트리니가 『리베라치오네*Liberazione*』 잡지사와 했던 인터뷰가 그 시발점이었는데, 고령에도 도발을 멈추지 않던 그 추앙받는 시인은 인터뷰에서 처음엔 출판사들이 더 이상 시집을 출간하지 않는 것을 한탄하더니, 나중에는 그럼에도 다행히 모든 시인이 자신의 시를 발표할 인터넷이 있다고 자위했다. 이때 그가 떠올리고 있었던 것은 분명 유명 시인들을 한데 모은 웹 사이트나 신인에게 플랫폼을 제공하는 사이트였을 것이다. 그는 그런 사이트들이 너무 많아 어디로 가야 할지 선택하기 곤란한 점을 인정하면서도 믿을 만한 주소를 몇몇 거론했다.

그런데 다른 시인과 비평가들에게 설문을 돌린 결과 발레스트리니의 그런 생각에 대해 원칙적으로 세 가지 반론이 제기되었다. 일리가 있어 보이는 첫 번째 반론은 이렇다. 몇몇 시 선집 시리즈가 중단되었다고 해서 출판사들이 더 이상 시집을 내지 않는 것은 옳지 않다. 유명 시인들 가운데 몇몇(고전 시인이 아니라 동시대 시인을 말한다)의 책은 여전히 쇄를 거듭해서 찍고 있다. 두 번째 반론은 좀 더 설득력이 있어 보인다. 유명해지길 바라는 젊은 시인들에게는 잡지나 페스티벌, 낭송회 같은 대안이 있다는 것이다. 세 번째 반론으로서 수상 경력이 있는 한 시인은 이렇게 말한다. 〈당신이 시를 찾으려고 인터넷으로 달려가면 그곳에선 어쭙잖은 감정만 잔뜩 분출해 놓은 아무짝에도 쓸모없는 시들만 발견하게 될 것이다. 블로그들은 대부분 노출증 환자들의 전시물에 지나지 않는다. 인터넷엔 어떤 기준점도 없는 아주 나쁜 잡담 수준의 시들만 난무한다.〉

이 세 번째 반론은 틀리지 않다. 인터넷에는 정말 온갖 종류의 시들이 다 있으니까. 하지만 이 반론은 곰곰

이 생각해 볼 필요가 있다. 따라서 나는 지금껏 제기된
여러 의견에 대해 토마스 아퀴나스의 토론 방식에 따
라 〈*Respondeo dicendum quod*(이상의 것에 다음과 같
이 답하다)〉 식으로 답변하고 싶다. 시 선집 시리즈를
비롯해 시인과 독자들이 만나 서로 이야기를 주고받
을 수 있는 다른 외딴 공간은 분명 젊은 시인이나 독자
들에게도 계속 필요할 수밖에 없다.

　그런 곳은 젊은 시인들에겐 비교의 장소, 즉 일종의
시험대 같은 곳이다. 거기선 자신들의 시에 대한 평가
와 비평을 들을 수 있고, 어떤 때는 차라리 직업을 바
꾸는 게 어떠냐는 조심스러운 충고도 받을 수 있다. 사
실 글을 아는 사람 중 상당수는 이르든 늦든 시를 쓰고
싶은 유혹에 빠지지만, 냉정히 따지자면 그냥 얌전히
직장에 다니는 게 더 잘 어울리는 사람들이다. 다른 한
편, 젊은 독자들에게 그런 곳은 시의 질적 기준을 얻
고, 좋은 시를 고를 때 도움을 받을 수 있는 공간이다.
젊은 시 애호가들은 보통 운율이 맞지 않거나 단순히
다른 운문을 베낀 시구들도 좋게 생각할 수 있다. 명망
있는 시 선집에서 그런 시를 만나면 어쨌든 섬세한 질
적 감각을 가진 누군가에게 인정받은 시라고 짐작하

는 것이다.

시골 도시에서 보낸 중·고등학교 시절이 기억난다. 기껏해야 몬다도리 출판사의 『로 스페치오 *Lo Specchio*』 시리즈나 몇 권 살 수 있는 도시였다. 그런데도 나는 매주 『라 피에라 레테라리아 *La fiera letteraria*』(이하 『피에라』) 잡지를 읽었다. 거기엔 다른 주간지들의 〈마음 우체국〉 같은 난과 비슷하게 독자들이 직접 보낸 시들을 싣는 문예란이 있었다. 그 시들에는 어떤 때는 과도한 칭찬이, 어떤 때는 격려가, 어떤 때는 수정이, 어떤 때는 심지어 따끔한 질책이 따라붙었다. 이런 평가는 모두 당시 시학적 기준과 평론가의 취향에 따라 이루어졌지만, 내게는 커다란 가르침이었다. 시의 좋은 감정이 아니라 시의 문체를 평가하라는 요구였다. 이 가르침의 첫 번째 결과로 나는 내가 쓴 시들을 모조리 쓰레기통에 던져 버렸다(우리 문학사는 『피에라』에 감사해야 한다).

오늘날에도 똑같은 기능을 하는 인터넷 사이트들이 있을까? 그 옛날 한 문학청년이 길거리 가판대에서 구입하곤 했던 문학과 예술에 관한 유일한 주간지 『피에라』 같은 것들이 요즘은 인터넷에 수천 개 사이트나 널려 있다고 반박할 수도 있다. 그렇다면 우리는 또다시 옥석을 가려야 하는 불가능에 가까운 어려움에 봉착한다. 그런데 내 기억으로는 내가 살던 당시에도 유료로 구입한 문학잡지 말고 자잘한 무료지들도 있었다. 그럼에도 나는 타고난 촉각 덕분인지 아니면 누군가의 추천 때문인지는 몰라도 『피에라』가 그런 조잡한 무료 쪼가리들보다 훨씬 믿을 만하다고 생각했던 것 같다. 인터넷에서도 상황은 비슷해 보인다. 문학 관련 페스티벌이나 잡지들이 있다고 주장하는 사람들의 말이 맞는다면 좀 더 진지한 시인과 독자들이 인터넷상에서도 좀 더 믿을 만한 웹 사이트로 안내할 수 있지 않을까?

그렇다면 이른바 〈동네 바보〉라고 하는 인간들은 어떻게 해야 할까? 컴퓨터를 끼고 살고, 괜찮은 문학잡지와 페스티벌이 있는 걸 모른 채 부산스럽게 인터넷만 돌아다니는 인간들은 어떻게 해야 할까? 그런 인간들은 도저히 방법이 없다. 빌어먹게도 포기할 수밖에 없다. 인터넷 등장 이전에도 시집을 내고 싶어 하는 사람들에게 돈을 받고 책을 내주는 출판사를 비롯해 쓰레기 같은 문학상 수여 단체들의 아가리 속으로 무리 지어 뛰어드는, 문학을 꿈꾸는 허영기 가득한 레밍들은 늘 있었다. 자기 비용으로 수를 불려 나가고, 공식 문학계와 나란히 행진하면서도 무시당하기 일쑤인 일련의 지하 작가 군단이다. 물론 인터넷에서 자신의 상품을 출간하는 이 나쁜 작가들에게는 문학의 상업적 약탈자들을 살찌우게 하지 않는다는 장점이 있다. 또한 저 높은 곳에 있는 분의 무한한 선함 덕분에 그런 지옥 불 속에서도 가끔 꽃이 필 가능성은 열려 있다.

2006년 8월 16일

교사는 어디에 필요할까?

학교에서 일어나는 집단 따돌림에 관한 기사들이 홍수처럼 쏟아지는 가운데 나는 집단 따돌림으로는 보기 어렵고 기껏해야 당돌한 짓거리, 그것도 함축적 의미가 담긴 당돌한 짓거리 정도로 보고 싶은 기사를 읽은 적이 있다. 한 학생이 교사를 도발할 목적으로 이렇게 물었다고 한다. 〈선생님, 질문이 있는데요, 요즘 같은 인터넷 시대에 선생님은 여기서 하시는 일이 뭐예요?〉

학생의 말에는 절반의 진실은 담겨 있다. 사실 교사 본인들도 최소한 20여 년 전부터는 그런 의심을 품어 왔을 테니까. 예전에는 학교가 그나마 아이들을 교육하는 곳이었다면 이제는 단순히 지식만 전달하는 곳으로 바뀌었다. 초등학교에서 1 곱하기 1을 시작으로,

중학교에서는 마다가스카르의 수도에 대해, 고등학교에 올라가서는 삼십 년 전쟁의 의미와 파장을 가르치는 곳이 되었다는 말이다. 인터넷의 등장 이후, 아니 텔레비전이나 라디오, 혹은 영화도 포함해야 할지 모르겠으나 아무튼 그런 매체들의 등장 이후 아이들은 지식의 상당 부분을 학교 밖에서 습득하고 있다.

내 아버지는 어릴 때 히로시마가 일본에 있는 도시라는 걸 몰랐고, 과달카날이라는 섬이 있는 줄도 몰랐으며, 드레스덴에 대해서는 막연한 지식밖에 없었고, 인도에 대해서는 살가리의 소설로 아는 게 전부였다. 반면에 나는 이 모든 걸 라디오나 신문에 실린 지도로 배웠다. 또한 내 자식들은 노르웨이의 피오르와 고비사막뿐 아니라 벌이 꽃을 어떻게 수분시키는지, 티라노사우루스 렉스가 어떻게 생겼는지도 텔레비전으로 보았다. 요즘 아이들은 한 걸음 더 나아가 본인이 원하기만 하면 오존에 대해, 코알라에 대해, 이라크와 아프가니스탄에 대해서도 알 수 있다. 물론 몇 번 듣기만 했을 뿐 줄기세포가 정확히 무엇인지는 아직 모를 것이다. 하지만 그마저도 옛날 선생님들에 비하면 똑똑한 편이다. 내 학창 시절에는 생물 선생님조차 줄기세

포의 〈줄〉 자도 몰랐을 테니까. 그렇다면 이런 시대에 교사는 대체 하는 일이 뭘까?

서두에 인용한 그 학생은 절반의 진실만 말했을 뿐이다. 교사는 학생에게 지식만 전달하는 것이 아니라 무엇보다 교육을 하기 때문이다. 좋은 학급을 만들려면 단순히 사실이나 정보만 전달하는 데 그쳐서는 안 된다. 학교에서 배운 지식과 세상에서 일어나는 일들에 대해 끊임없이 대화하고, 의견들을 비교하고 토론하게 해야 한다. 이라크에서 벌어지고 있는 일들은 분명 텔레비전으로 알 수 있지만, 다른 데도 아니고 왜 하필 거기서만 그런 분쟁이 끊이지 않는지, 그것도 초기 메소포타미아 문명 때부터 왜 계속 그러고 있는지 우리에게 가르쳐 주는 곳은 오직 학교뿐이다. 이 대목에서 누군가는, 인기 있는 정치 토크 쇼 「포르타 아 포르타Porta a porta」에 나오는 믿을 만한 토론자들도 가끔 우리에게 그런 것을 가르쳐 주지 않느냐고 반론할 수도 있겠으나, 그렇다면 학교에서는 그 「포르타 아 포르타」에 대해 토론을 벌여야 한다.

대중 매체들은 우리에게 많은 것을 알려 준다. 심지어 그 가치도 가르쳐 준다. 하지만 매체들이 우리에게 가치를 전달하는 방식을 두고 토론을 벌이고, 신문과 방송마다 그 독특한 논조와 타당성에 대해 평가할 수 있는 곳은 학교뿐이다. 게다가 대중 매체를 통해 확산된 정보들에 대한 팩트 체크도 학교에서 이루어질 수 있다. 간단한 예를 하나 들자면, 이 나라에서는 누구나 텔레비전을 통해 배울 수 있다고 생각하는 영어의 잘못된 발음을 교사가 아니면 누가 교정해 주겠는가?

그런데 서두에 인용한 학생은 오늘날 라디오와 텔레비전으로 팀북투가 어디에 있는지, 상온 핵융합이 무슨 뜻인지 얼마든지 알 수 있다는 이유로 교사가 더 이상 필요하지 않다고 말한 것은 아니다. 달리 표현해서, 여러 매체에 정돈되지 않은 상태로 떠도는 난삽한 토론들이(예를 들어 우리가 이라크에 대해서는 많이 알지만, 시리아에 대해서는 아는 것이 별로 없다면 그게 결국 조지 부시 미 대통령의 선의나 악의에 달려 있다고 말하는 토론자도 있다) 이제 교사의 역할을 떠맡았다고 말하지는 않았다. 그 학생이 말한 것은 이렇다. 요즘은 모든 백과사전의 위대한 어머니 격인 인터넷이 있고, 그 안에는 시리아와 상온 핵융합, 삼십 년 전쟁에 대한 온갖 지식뿐 아니라 가장 큰 소수(素數)에 대한 끝없는 논쟁도 펼쳐져 있다. 또한 인터넷이 그 학생에게 제공하는 정보들은 교사가 가진 정보보다 어마어마하게 포괄적이고, 거기다 금상첨화로 정확할 때도 많다. 여기서 그 학생은 한 가지 중요한 지점을 놓치고 있다. 인터넷은 학생에게 **거의 모든 것**을 말해 주지만, 그 정보를 어떤 목적에 맞게 어떻게 찾을지, 찾은 다음에는 어떻게 거르고 선별할지, 또 어떤 기준으로 수용해야 하는지는 알려 주지 않는다는 사실이다.

저장 공간만 충분하다면 누구나 새로운 정보를 저장할 수 있다. 하지만 어떤 정보가 저장할 가치가 있고, 어떤 건 그렇지 않은지 판단하는 데에는 섬세한 기술이 필요하다. 그 기술을 장악하고 있느냐가 설사 성적이 나쁘더라도 정규 학교 수업을 들은 학생과 천재적인 사람이라고 하더라도 독학자 사이의 차이를 만든다.

그럼에도 결코 간과할 수 없는 문제는 교사조차 옥석을 구분하는 기술을 가르칠 능력이 없어 보인다는 점이다. 물론 모든 지식 영역에서 그런 것은 아니겠지만 말이다. 어쨌든 그럼에도 교사는 자신이 그럴 수 있어야 한다는 것을 안다. 어떻게 옥석을 가리는지 정확한 지침을 줄 수 없다면 최소한 인터넷이 제공하는 정보를 매번 비교하고 평가하는 데 정성을 쏟는 누군가를 예를 들어 줄 수는 있다. 결국 교사는 인터넷이 알파벳 순서로 제공하는 것들을 하나의 체계로 묶으려고 매일 노력해야 한다. 인터넷은 티무르와 외떡잎식물이 있다는 것은 말해 줄 수 있지만, 이 두 개념 사이에 어떤 체계적인 관련이 있는지는 설명하지 못한다.

그런 관련은 학교에서만 가르칠 수 있다. 학교가 아직 그럴 능력이 없다면 빨리 배워야 한다. 그러지 않으면 인터넷*internet*, 정보*information*, 투자*investment*로 이어지는 세 I는 하늘로 올라가지 못하는 당나귀의 울음소리에 그치고 말 것이다.

2007년 4월 17일

핸드폰을 삼키다

　지난주 한 신문에서 생전 듣도 보도 못한 특이한 기사를 읽었다. 〈한 모로코인이 로마에서 핸드폰을 삼켰다가 경찰에 구조되었다〉는 내용이다. 좀 더 구체적으로 설명하자면, 순찰차가 늦은 저녁에 길을 지나가다가 바닥에 쓰러진 사내를 발견했다. 입에서는 피가 새어 나오고, 수상쩍은 남자들에 둘러싸여 있었다. 경찰이 급히 달려가 사내를 구한 뒤 병원으로 이송했는데, 사내의 목구멍에서 노키아 핸드폰이 나왔다고 한다.

　처음엔 황당하다는 생각뿐이었다. 장난스럽게 만든 노키아 광고도 아니고, 아무리 정신이 나간 인간이라도 그렇지 어떻게 핸드폰을 삼킬 수 있을까? 기사에 따르면 마약상들의 분쟁 중에 일어난 일일 수 있다고 한다. 한쪽 마약 조직이 사내의 목구멍 속으로 핸드폰을 강제로 집어넣었을 가능성이 크다는 것이다. 맛있는 음식이 아니라 벌로서 말이다. 사내는 어쩌면 해서는 안 되는 누군가와 통화를 했을지 모른다.

입속에 돌을 넣는 것은 마피아의 처벌 행위로 알려져 있다. 외부인에게 조직의 비밀을 누설한 배신자의 입에 돌을 물려 죽이는 것이다. 주세페 페라라의 영화 중에는 「입속의 돌」이라는 제목의 1969년 영화도 있다. 이런 관습이 다른 범죄 조직들로 전파되었다고 해도 이상할 건 전혀 없다. 게다가 내 작품을 번역한 러시아 번역자가 몇 년 전 모스크바에서 이탈리아어로 〈마피아〉를 뭐라고 하는지 질문을 받을 정도로 마피아는 이미 국제적 현상이다.

그런데 이번에는 입속에 돌을 넣은 것이 아니라 핸드폰을 넣었다. 내게는 굉장히 상징적인 의미로 다가왔다. 새로운 범죄 조직은 더 이상 촌스럽지 않다. 대신 세련되고 기술적이다. 그래서 죽은 사람을 재갈 물린 염소 따위로 만들지 않고 사이보그로 만든 것은 자연스럽다. 게다가 누군가의 입에 핸드폰을 쑤셔 넣는 것은 그 사람의 성기를 잘라 내는 것과 비슷하다. 그의 소유물 중에서 가장 내밀하고 개인적인 것을 훼손하는 일일 테니까. 그사이 핸드폰은 자연스럽게 우리 육체의 일부가 되었다. 귀의 연장(延長)이고, 눈의 연장이고, 심지어 페니스의 연장이기도 하다. 누군가를 그의 핸드폰으로 질식시키는 것은 그의 창자로 목을 졸라 죽이는 것이나 진배없다. 〈자, 받아, 메시지 왔어!〉하고 말이다.

2008년 5월 16일

딸기 크림 케이크

얼마 전 로마의 스페인 왕립 학술원 행사에서 한마디 해달라는 부탁을 받고 앞에 나가 말을 하려는데, 한 촬영 기사가 자신의 TV 카메라에 초점을 맞출 요량으로 막대 램프를 내 얼굴 쪽으로 비추는 바람에 눈이 부셔 준비해 간 메모지를 읽을 수가 없었다. 그 순간 나는 격분해서 상당히 거친 반응을 보이며, 성가시게 구는 사진사들에게 종종 그러듯 이렇게 말했다. 내가 일을 하면 다른 사람들은 일을 멈추어야 하고, 그게 분업이라고. 내 말에 촬영 기사는 막대 램프를 껐지만, 얼굴에는 부당한 침해를 받았다는 표정이 역력했다. 지난주에도 그런 일이 있었다. 피에로 델라 프란체스카의 그림에 나오는 몬테펠트로 지방의 풍경을 재발견하려는 공동체 설립 기념 행사장에서 세 사람이 쉬지 않고 플래시를 번쩍이며 사진을 찍어 대는 바람에 눈이 부셨다. 결국 이들에게도 예의 있는 행동의 규칙을 일러 줄 수밖에 없었다.

주목할 점은, 두 번 다 내 눈을 부시게 한 이들은 빅 브라더의 첩자가 아니라 무언가 의미 있는 말을 들으려고 자발적으로 찾아온, 꽤 교양 있어 보이는 사람들이라는 것이다. 그럼에도 〈기계 눈 증후군〉에 걸려 수준 이하의 행동을 보였다. 그들은 내가 하는 말에는 관심을 보이지 않고 나중에 유튜브에 올릴 생각인지 행사의 겉모습만 촬영했을 뿐 아니라 내 말을 이해하는 것은 아예 포기한 채 말하는 내 겉모습만 핸드폰으로 전송하기에 바빴다.

뇌에 부담을 주는 이런 기계 눈은 평소엔 교양 있게 행동하는 사람들의 정신까지 일그러뜨리는 듯하다. 그들은 자발적으로 찾아온 행사장에서 몇몇 사진과 영상만 담아 떠난다. 만일 내가 스트립쇼를 하는 사람이라면 뭐 그럴 수도 있다고 치자. 하지만 이건 그런 자리가 아니다. 그들은 여기서 일어난 일에 대해선 아무것도 모른 채 떠난다. 자기 눈에 보이는 것만 촬영하려고 세상을 계속 떠도는 그들은 전날 촬영한 것을 바로 다음 날 잊어버리는 끔찍한 벌이라도 받고 있는 게 분명하다.

1960년에 프랑스의 여러 대성당을 돌아다닌 직후 내가 어떻게 갑자기 사진 찍기를 중단하게 되었는지는 이미 여러 자리에서 밝힌 바 있다. 그것도 틈만 나면 미친 듯이 세상의 모든 것을 렌즈에 담던 인간이 말이다. 사진을 찍고 집에 돌아가면 내 앞에는 나쁜 사진만 수북이 쌓여 있었다. 정작 내가 본 것들은 전혀 기억이 나지 않았다. 그 뒤로 나는 카메라를 던져 버렸다. 이후의 여행에서는 내가 본 것들을 모두 마음에만 담았고, 타인과 나 자신에 대해 더 많은 것을 기억하려고 마음에 드는 엽서를 사기 시작했다.

열한 살 때였을 것이다. 우리가 피난 갔던 도시의 성벽 근처에서 이례적인 소리가 들려 달려갔다. 저 멀리 화물차와 마차가 충돌한 광경이 보였다. 마부석에는 농부 부부가 타고 있었던 것 같은데, 아내는 이미 바닥에 쓰러져 있었다. 머리가 깨진 채로. 그녀는 피와 뇌수를 철철 흘리며 죽은 채로 누워 있었고(이 끔찍한 장면은 마치 딸기 크림 케이크가 짓뭉개진 것 같은 모습으로 내 머릿속에 아직도 단단히 각인되어 있다),

남편은 그런 아내를 부둥켜안고 절망적으로 울부짖고 있었다.

나는 걸음을 멈추었다. 공포로 온몸이 굳어 버렸다. 아스팔트 위에 사람의 뇌수가 흘러내린 광경을 본 것은 그때가 처음이었다(다행히도 그게 마지막이다). 게다가 죽은 사람을 본 것도, 돌이킬 수 없는 슬픔과 절망을 본 것도 처음이었다.

만일 그때 내가 오늘날의 거의 모든 청소년처럼 카메라 기능이 장착된 핸드폰을 갖고 있었다면 어떤 일이 벌어졌을까? 어쩌면 나는 사고 현장에 내가 있었다는 걸 친구들에게 보여 주려고 그 장면을 찍었을 것이고, 그다음에는 남의 불행을 나의 행복으로 아는 사람들을 위해 그 영상을 유튜브에 올렸을지 모른다. 그다음에도 그런 짓을 계속해 나가다가 또 다른 사고 장면들을 찍고, 그래서 타인의 고통에 무덤덤한 인간으로 변해 갔을지 모른다.

그 대신 나는 모든 것을 내 기억 속에 저장했다. 70년이 지난 뒤에도 이 기억 속의 영상은 나를 따라다니면서 타인의 고통에 냉담한 인간이 되지 말라고 가르치고 있다. 사실 요즘 아이들에게 그런 어른이 될 가능성이 아직 남아 있는지는 모르겠다. 지금도 핸드폰에서 눈을 떼지 못하는 어른들은 영원히 구제할 길이 없다.

2012년 7월 10일

핸드폰과 「백설 공주」에 나오는 왕비

　길을 가는데, 맞은편에서 한 여자분이 온다. 핸드폰에 코를 박고 있어서 자기 앞에 뭐가 있는지 보지 못한다. 내가 피하지 않으면 우린 부딪칠 수밖에 없다. 그런데도 나는 슬그머니 악동 기질이 발동해 갑자기 걸음을 멈추고 등을 돌린다. 마치 등 뒤의 거리를 돌아보는 것처럼. 결국 여자는 내 등에 쿵 부딪혔다. 나는 충격을 이겨 내려고 몸에 잔뜩 힘을 주고 있었고, 예상대로 잘 버텨 냈다. 하지만 여자는 부딪힌 충격에 멈칫하며 핸드폰을 떨어뜨렸고, 이제야 자신이 누군가와 부딪쳤다는 사실을 깨달은 듯했다. 앞을 보지 않고 걷는 바람에 미처 피하지 못한 것이다. 여자는 당황하며 몇 마디 더듬더듬 사죄의 말을 내놓았고, 나는 사람 좋은 표정을 지으며 대답했다. 〈마음에 두지 마세요. 요즘

은 이런 일이 허다한 걸요.〉

내가 걱정하는 건 바닥에 떨어진 여자의 핸드폰이 혹시 고장이나 나지 않았나 하는 것뿐이다. 그것만 빼면 다른 사람들에게도 비슷한 상황에서 나처럼 행동하라고 추천하고 싶다. 사실 이렇게 끊임없이 핸드폰만 들여다보는 사람은 어릴 때 벌써 없애 버렸어야 했다. 하지만 로마 시대의 헤롯왕처럼 어린아이를 죽이는 학살자를 매일 찾을 수는 없는 노릇이기에 최소한 그 아이가 어른이 되었을 때는 이런 식으로 벌하기를 권하는 것이다. 비록 그들 스스로 어떤 몰락의 나락에 빠져 있는지 깨닫지 못해 앞으로도 계속 똑같은 행동을 하더라도 말이다.

그사이 핸드폰 증후군을 다룬 책이 수십 권이나 출간되어서 더 이상 따로 덧붙일 말이 없다는 건 나도 잘 안다. 그래도 또 곰곰이 생각해 보면 거의 모든 인류가 똑같은 광기에 사로잡혀 이제는 서로 얼굴을 맞대고 시선을 교환하는 일이 없을 뿐 아니라 삶과 죽음에 대해 깊이 생각하지 않는 것은 물론이고 주변을 관찰하지도 않는다. 오직 귀신 들린 것처럼 말하고 또 말하고, 그렇다고 굳이 해야 할 말이 있는 것도 아니면서 평생을 바보들의 끝없는 대화처럼 보낸다는 사실이 도저히 납득되지 않는다.

이유는 아마 수백 년 동안 마법이 약속해 온, 인류가 그렇게 열망하던 세 가지 소망 중 하나가 처음으로 실현된 시대에 우리가 살고 있기 때문이 아닌가 싶다. 첫 번째 소망은 하늘을 나는 것이었다. 하지만 비행기를 타야만 가능할 뿐 우리는 아직 스스로 공중으로 떠올라 두 팔을 저으며 날지 못한다. 두 번째 소망은 특정한 주문을 외거나 인형에 바늘을 찌름으로써 적이나 사랑하는 이에게 영향을 끼치는 것이었다. 세 번째 소망은 신령스러운 정신이나 신비한 대상의 힘을 빌려 아무리 멀리 떨어진 사람과도 대양과 산맥을 넘어 소통하는 것이었다. 그 꿈은 이루어졌다. 이제 우리는 순식간에 리보르노에서 히말라야로, 이니스프리섬에서 팀북투로, 바그다드에서 미국의 포킵시로 이동해서 시간 손실 없이 수천 마일 떨어진 사람과도 소통할 수 있다. 그것도 혼자 힘으로 말이다. 텔레비전은 아직 그게 안 된다. 왜냐하면 거기서 우리는 여전히 타인의 결정에 종속될 수밖에 없고, 항상 실시간으로 볼 수 있는 것도 아니기 때문이다.

수백 년간 이어져 온 이 마법의 꿈을 인간이 이룰 수 있게 해준 것은 무엇일까? 바로 〈빨리빨리〉 정신이다. 마법은 우리가 단번에 원인에서 결과로 나아갈 수 있다고 약속했다. 중간 단계를 거칠 필요 없이 곧장 직접적인 연결을 통해서 말이다. 우리는 주문을 외워 쇠를 황금으로 바꾸고, 천사를 불러 소식을 보낸다. 마법에 대한 이런 믿음은 실험 과학의 등장으로도 사라지지 않았고, 오히려 원인과 결과의 동시성이라는 꿈은 테크놀로지로 전환되었다. 오늘날 테크놀로지는 인간에게 원하는 모든 것을 즉시 안겨 준다. (예를 들어 핸드폰 버튼만 누르면 당장 시드니에 있는 사람과 대화가 가능하다.) 반면에 느릿느릿 나아가는 과학의 조심스러운 느림보 걸음은 우리를 만족시키지 못한다. 우리는 암 치료제를 내일 당장은 아니더라도 곧 얻게 되길 원한다. 그래서 몇 년 동안 기다릴 필요 없이 즉석에서 신비의 약을 약속하는 마법의 치료사를 믿고 싶어 한다.

기술에 대한 열광과 마법적 사유의 관계는 매우 밀접하고, 번개처럼 실현되는 기적에 대한 종교적 희망과 연결된다. 신학적 사유는 예나 지금이나 신비에 대

해 말하고, 신비스러운 일이 얼마만큼 상상 가능한지,
또는 얼마나 헤아릴 수 없는 것인지 우리에게 보여 주
려고 논증하고 또 논증한다. 반면에 기적에 대한 믿음
은 우리 앞에 나타나 주저 없이 행동에 나서는 신성한
것, 불가사의한 것, 신적인 것을 드러낸다.

우리에게 당장 암 치료제를 약속하는 기적의 치료사
와 경건한 비오 신부님, 이동 전화, 그리고 「백설 공주」
에 나오는 못된 왕비 사이에 혹시 관련성이 있을까? 어
떤 의미에서는 있다고 할 수 있다. 그렇다면 길에서 나
와 부딪친 그 여자분은 마법의 거울보다는 음향 촬영
기기의 마법에 걸린 동화 속 세계에 살고 있다.

2015년 4월 3일

3부

음모와 대중 매체

〈깊은 목구멍〉은 어디에 있는가?

알다시피 9·11 테러와 관련해서는 온갖 음모론이 난무한다. 이슬람 근본주의와 네오나치 계열의 웹 사이트들에 나오는 극단적 음모론에 따르면 비행기 충돌 테러는 유대인이 계획했고, 그래서 두 빌딩에서 근무하던 유대인은 모두 그 전날 연락을 받고 이튿날 출근하지 않았다는 것이다. 그러나 집계 결과 유대인도 4백 명이나 희생된 것으로 밝혀졌다. 부시에게 의심의 눈길을 보내는 음모론도 있다. 부시 행정부가 아프가니스탄과 이라크 침공의 명분을 만들려고 테러를 계획했다는 것이다. 또 다른 이들은 정도의 차이는 있지만 잘못된 생각에 빠진 몇몇 미 비밀 첩보 기관들이 테러의 기획자라고 주장한다. 다른 차원의 음모론도 있다. 이 모든 게 이슬람 근본주의자들이 저지른 짓이기는 하지만 미 정부가 사전에 알고 있으면서도 막지 않고 내버려 두었다는 것이다. 아프가니스탄과 이라크 공격에 대한 핑계를 만들기 위해서다. 이건 제2차 세계 대전 때 루스벨트가 임박한 진주만 공습을 알고 있으면서도 일본과 전쟁을 시작하기 위해 미 함대를 보호할 아무런 조치도 취하지 않았다는 설과 비슷하다. 마지막으로 빈 라덴의 근본주의자들이 테러를 자행한 건 맞지만 미 영토의 방어를 담당한 기관들이 너무 늦게 대응하거나 시원찮게 조치함으로써 자신들의 지독한 무능함을 여실히 증명했다는 주장도 있다. 또한 이러한 음모론 중 최소한 하나 이상은 사실의 공식적 재구성이 의도적으로 위조되고 기만되고, 또한 유치하기 그지없다는 주장을 펴기도 한다.

이러한 음모론을 좀 더 자세히 알고 싶은 사람은 줄리에토 키에자와 로베르토 비뇰리가 엮은 『제로: 9·11 테러의 공식 버전이 가짜이기 때문에 *Zero: Perché la versione ufficiale sull'11/9 è un falso*』(Piemme, 2007)를 참조하기 바란다. 여기엔 고어 비달, 잔니 바티모, 프랑코 카르디니, 리디아 라베라 외에 많은 저명인사의 글이 실려 있다.

이런 음모론의 반대 의견이 궁금한 사람은 같은 해 같은 출판사에서 나온 다음 책을 읽기 바란다. 『9·11 말도 안 되는 음모론*11/9 La cospirazione impossibile*』. (덧붙이자면 〈균형〉이라는 이름으로 상반된 두 시장을 동시에 공략한 출판사의 재주가 놀랍다.) 마시모 폴리도로가 엮은 이 책에도 마찬가지로 피에르조르조 오디프레디나 제임스 랜디 같은 저명인사의 글이 실려 있다. 내 이름도 필자군에 올라 있는데, 그걸로 내 입장을 한쪽으로 내몰 필요는 없다. 엮은이가 오래전에 출간된 내 성냥갑 칼럼의 한 원고에 대해 출판권 허락을 구하기에 그러라고 한 것뿐이다. 9·11 테러가 아니라 지속적인 음모론 신드롬을 다룬 원고였다. 나는 우리 세계가 우연으로 생성되었다고 믿기에, 트로이 전쟁부터 오늘날까지 수천 년 동안 인류를 괴롭혀 온 대부분의 사건이 예나 지금이나 우연 아니면 다른 터무니없는 짓거리들의 동시적 조합으로 발생했다고 생각한다. 따라서 나는 체질적으로, 그러니까 회의주의와 조심성에서 늘 모든 형태의 음모론을 의심하는 경향이 있다. 게다가 나 같은 인간은 단 하나의 음모론이라도 실제로 완성하기엔 너무 머리가 나쁘다. 그건 별 근거가 없는 얘기인

줄 알면서도 뿌리칠 수 없는 충동에 따라 부시 대통령과 미 정부가 이 모든 걸 기획했을 거라는 쪽으로 마음이 기울 때도 마찬가지다.

여기서 나는 전체적으로 설득력 있게 들리는 상반된 두 테제의 논거를 일일이 거론하고 싶지는 않고(지면이 허락하지 않는 이유도 있다), 다만 〈침묵의 증거〉에 대한 이야기만 언급하고 싶다. 지금도 미국인의 달 착륙이 텔레비전 스튜디오에서 조작된 것이라고 믿는 사람들이 있는데, 그런 주장을 반박하는 논거로 사용될 수 있는 것이 바로 침묵의 증거다. 만일 미 우주선이 실제로 달에 착륙한 것이 아니라면 당시에 누군가는 그 사실을 말했을 것이다. 지구상엔 그것을 검증할 능력이 있는 누군가가 있었고, 그렇게 말하는 것이 그 누군가의 이익에도 부합했기 때문이다. 그건 바로 소련이다. 하지만 당시 소련은 아무 말도 하지 않았다. 내가 보기엔 그것만큼 미국인들이 실제로 달에 착륙했다는 것에 대한 명백한 증거는 없어 보인다. 이것으로 논란 끝!

이제 끝으로 음모와 비밀에 관해 말해 보자. 우리는 (역사적) 경험으로 다음 사실을 안다. 첫째, 비밀이 있다면, 그게 설령 단 한 사람만 아는 비밀일지라도 당사자는 웬만큼 시간이 지나면 애인과의 잠자리에서라도 비밀을 털어놓게 돼 있다. 물론 순진한 프리메이슨 단원이나 유치한 템플 기사단 신봉자라면 여전히 누구도 모르는 비밀이 있다고 믿는다. 둘째, 비밀이 있다면 적당한 가격에 그것을 팔 용의가 있는 사람도 항상 존재하기 마련이다. (예를 들어 한 영국군 장교에게 다이애나 왕세자비와의 잠자리에서 있었던 일을 모두 털어놓게 한 뒤 그 이야기의 저작권을 사는 데는 수십만 파운드면 족하다. 협상 대상이 다이애나의 시어머니라면 액수는 두 배로 높아진다. 그 정도면 제아무리 신사라고 해도 넘어가지 않을 도리가 없다.) 9·11 테러도 마찬가지다. 음모론을 제기하는 사람들의 말마따나 쌍둥이 빌딩에 테러를 저지른 범인이 진짜 따로 있다면, 그게 빌딩에 폭발물을 설치하는 일이 됐건, 공군의 개입을 가로막는 일이 됐건, 아니면 다른 거추장스러운 증거들을 없애는 일이 됐건 그를 위해 동원되어야 할 사람은 수천 명까지는 아니더라도 최소한 수백 명은 필요했을 것이다. 게다가 그런 목적에 투입된 사람들은 대체로 신사가 아니다. 그렇다면 그 모든 가

담자가 하나같이 어떤 거금에도 흔들리지 않고 비밀을 팔지 않는 건 불가능한 일이다. 간단히 말해서 9·11 테러엔 〈깊은 목구멍〉*이 없다.

2007년 10월 26일

* Deep Throat. 1972년에서 1973년 미국 워터게이트 사건에서 결정적 역할을 했던 제보자의 별칭이다. 이 인물은 2005년에야 신분이 드러났다.

음모와 비밀

케이트 터켓의 『음모론*Conspiracy Theories*』이 이제 이탈리아어로 번역되었다. 사실 음모론 신드롬은 우리 세상만큼이나 오래되었다. 칼 포퍼는 이 사회 음모론의 철학을 『추측과 논박*Conjectures and Refutations*』 (Routledge & Kegan Pual, 1963)이라는 책에서 다음과 같이 탁월하게 정리했다.

대부분의 인격신론보다 오래된 이 이론은 호메로스의 사회 이론과 비슷하다. 호메로스는 신들의 힘을 다음과 같이 이해했다. 트로이 영역에서 일어나는 모든 것은 올림포스에서 꾸민 몇몇 음모의 반영일 뿐이다. 사회 음모론은 이러한 인격신론의 다른 버전, 그러니까 변덕과 의지로 세상 만물을 지배하는 신들에 대한 믿음의 다른 버전에 지나지 않는다. 음모론은 이제 신에게서 방향을 돌려 이런 물음을 던진다. 〈이제 신의 자리를 대신 차지한 건 누구인 가?〉 그건 바로 권력을 쥔 사람들 혹은 집단들이다. 그것도 우리가 겪는 모든 악과 거대한 우울을 계획 했다고 탓할 수 있는 음침한 **압력 집단**이다. (……) 음모론은 그 추종자들이 권력을 잡을 때만 실제 사 건을 설명하는 이론과 같은 것이 된다. 예를 들어 현 자 시온의 신화를 믿었던 히틀러는 권력을 잡자 「시 온 장로 의정서」의 음모론을 자신의 반대 음모론으 로 뛰어넘으려 했다.

음모의 심리학은 세간의 이목을 집중시킨 많은 사 건에 대한 공식적인 설명이 우리를 충분히 만족시키 지 못한다는 데서 기인한다. 그런 일은 드물지 않다. 우리로선 그런 불충분한 설명을 받아들이는 것이 고 통스럽기 때문이다. 알도 모로의 납치 사건 후에 제기 된 흑막 배후설만 생각해 봐도 알 수 있다. 당시 사람 들은 이렇게 물었다. 30대 청년들이 어떻게 그렇게 완 벽한 작전을 수립하고 실행에 옮겼을까? 그렇다면 그

뒤엔 이 모든 것을 조종한 노련한 기획가가 숨어 있는 게 틀림없다. 그러나 30대 중에도 회사를 운영하거나, 점보제트기를 조종하거나, 새 전기 제품을 발명하는 사람들이 있다는 사실은 전혀 고려되지 않았다. 그렇다면 문제는 30대들이 어떻게 로마 한복판에서 총리를 납치할 수 있었느냐 하는 것이 아니라 그 30대들도 어떻게 보면 그런 배후설을 지어낸 인간들의 후예라는 사실이다.

어떤 의미에서, 의심을 동반한 해석은 우리를 우리 자신의 책임으로부터 해방시킨다. 우리를 불안하게 하는 것 뒤에는 하나의 비밀이 숨어 있고, 비밀의 은폐가 우리에게 해를 끼치기 위한 작당이라는 믿음을 우리에게 주기 때문이다. 음모를 믿는 것은 기적의 치료를 믿는 것과 약간 비슷하다. 다만 기적의 치료는 위협이 아니라 불가해한 행운을 설명하려 할 뿐이다. (포퍼의 말에 따르면 사람들은 항상 신들의 작당에서 그 이유를 찾는다.)

다행인 것은 일상생활에서도 음모와 비밀보다 더 투명한 것은 없다는 사실이다. 음모는 그게 효과적일 경우 어느 정도 시간이 지나면 그 결과가 명확하게 드러나면서 백일하에 밝혀지기 마련이다. 비밀도 마찬가지다. 비밀은 보통 〈깊은 목구멍들〉에 의해서만 누설되는 것이 아니다. 중요한 비밀이라면 기적적인 물질의 형태건 정치적 기획의 형태건 시간이 지나면 밝혀지게 돼 있다. 음모와 비밀이 끝까지 드러나지 않는다면 그건 어설픈 음모이거나 알맹이 없는 비밀, 둘 중하나다. 비밀이 있다고 주장하는 사람의 힘은 그것을 숨기는 데서 나오는 것이 아니라 비밀이 있다고 우리가 믿게 하는 데서 나온다. 이런 의미에서 비밀과 음모는 그것을 믿지 않는 사람이 갖고 노는 효과적인 무기가 될 수 있다.

게오르크 지멜은 비밀에 관한 한 유명한 논문에서 이렇게 썼다.

비밀은 그것을 가진 인물에게 예외적인 위치를 선사하는 동시에 특정한 사회적 매력으로 작용한다. 이 매력은 원칙적으로 비밀의 내용과는 상관없고, 그 중요도나 포괄성에 따라 상승한다. (……) 인간의 자연스러운 이상화 충동과 두려움이 미지의 인간에 대한 판타지를 통해 그 가치를 상승시키고,

이미 드러난 현실로는 결코 받을 수 없는 주목을 받는다.

역설적으로, 모든 가짜 음모 뒤에는 어쩌면 우리에게 그것을 진짜 음모로 믿게 만듦으로써 이익을 보는 사람의 음모가 숨어 있을지 모른다.

2007년 2월 6일

아름다운 사회

내가 이 칼럼에서 귀담아들을 만한 구석이 있는 음모론까지 모두 음모론 신드롬과 결부시킬 때마다 격분한 독자들의 편지가 쇄도하곤 했다. 음모란 단순히 유행에 따르는 현상이 아닌 실제로 존재한다는 점을 역설하는 편지들이다. 맞다, 음모는 당연히 존재한다. 오늘날까지 모든 국가 정변은 음모에서 출발했고, 지금도 일부 사람들은 어떤 회사를 손에 넣고 싶으면 차근차근 주식을 사 모으는 작전을 펼치고, 지하철에 폭탄을 설치하는 음모를 꾸민다. 음모는 항상 있었다. 어떤 것은 그런 게 있는지 아무도 눈치채지 못할 정도로 실패하기도 했고, 어떤 것은 성공하기도 했다. 하지만 일반적으로 음모란 그 목표와 영향권에서 항상 제한적일 수밖에 없는 특징이 있다. 반면에 음모론 하면 사람들은 전 세계적인 공모를 떠올리기도 한다(심지어 우주적인 차원의 음모론도 일부 존재한다). 그러니까 모든, 또는 거의 모든 역사적 사건들이 음지에서 활동하는 단 하나의 비밀스러운 힘에 의해 조종되고 있다는 것이다.

칼 포퍼가 말한 음모론도 그런 것이다. 그런데 3년 전에 출간된 대니얼 파이프스의 『역사의 음지*Il lato oscuro della storia*』가 세간의 주목을 거의 받지 못한 것은 안타까운 일이다. (1997년에 출간된 이 책의 원제는 좀 더 명확하다. 『음모: 편집증적 경향은 어디서 생겨나고 어떻게 번성하는가?*Conspiracy: How the Paranoid Style Flourishes and Where It Comes from?*』) 이 책은 메테르니히의 말로 시작하는데, 그는 빈 주재 러시아 대사의 죽음을 듣고 이렇게 말했다고 한다. 〈그의 죽음엔 어떤 내막이 있을까?〉

이는 음모 신드롬이 역사적 사건과 우연들을 하나의 계획으로, 다시 말해 노골적으로 악의적이고 항상 숨겨진 하나의 계획으로 대체하고 있음을 보여 준다.

나는 혹시 내가 일부 음모를 전체 신드롬으로 확대 과장하고 있는 것은 아닌지, 그리고 이 음모 신드롬에 대한 비난과 함께 오히려 나의 편집증을 드러내고 있는 건 아닌지 스스로 의심해 볼 만큼의 분별력은 있다. 하지만 그게 아니라는 건 인터넷을 잠깐만 뒤져 봐도 충분히 알 수 있다. 음모를 꾀하는 사람은 널려 있다. 개중에는 정말 웃음도 나오지 않는 개그 수준의 것들을 포함해서 말이다. 그저께 한 웹 사이트에서 발견한 글이 그랬다. 거기엔 조엘 라브뤼예르가 쓴 「예수회의 병든 세계Le monde malade des Jésuites」라는 긴 텍스트가 실려 있었다. 제목에서 연상할 수 있듯이 거기엔 예수회의 세계 지배와 연관된 세계적 사건들의 방대한 목록이 담겨 있었다. 과거뿐 아니라 현재의 사건들까지.

바뤼엘 신부에서 『라 치빌타 카톨리카*La Civiltá cattolica*』잡지의 창간, 그리고 브레시아니 신부의 소설에 이르기까지 19세기 예수회는 유대인-프리메이슨의 세계 지배 음모론에 아주 중요한 영감을 제공했다. 자유주의자들과 마치니 추종자들, 프리메이슨 단원들, 성직자 반대론자들은 똑같은 방식으로 예수회에 보복했다. 예수회의 세계 지배 음모론을 퍼뜨린 것이다. 〈눈에는 눈, 이에는 이〉 방식에서는 정당했다고 볼 수 있다. 아무튼 예수회의 세계 지배 음모론은 파스칼의 『시골 친구에게 부치는 편지 *Lettres provinciales*』에서 빈첸초 조베르티의 『현대 예수회 *Il Gesuita moderno*』, 미슐레와 키네의 저술에 이르기까지 유명한 책들과 몇몇 반박 글뿐 아니라 외젠 쉬의 인기 있는 소설들, 예를 들어 『방랑하는 유대인 *Le Juif errant*』과 『민족의 비밀들 *Les Mystères du peuple*』을 통해서도 확산되었다.

그렇다면 예수회의 세계 지배 음모론은 새로울 게 없다. 다만 라브뤼예르의 웹 사이트는 예수회에 대한 강박관념의 끝을 보여 주었다. 나는 여기서 그 내용을 아주 간략하게만 소개하겠다. 성냥갑 칼럼의 지면은 제한되어 있는 반면에 라브뤼예르의 판타지는 가히 호메로스급이기 때문이다. 예수회는 교황을 비롯해 유럽의 여러 군주까지 통제하는 세계 정부 설립을 항상 목표로 삼아 왔다. 예수회를 추방한 군주들을 악명 높은 일루미나티(일명 광명회, 예수회에 의해 설립되었지만 나중에는 스스로 공산주의 단체로 낙인찍었다)를 통해 실각시키고자 한 것이다. 타이타닉호를 침몰시킨 것도 예수회였다. 이 사고로 미국의 중앙은행 격인 연방 준비은행을 창설할 수 있었기 때문이다. 예수회의 통제 아래 있던 몰타 기사단을 이용해서 말이다. 타이타닉호의 침몰로 당시 세상에서 가장 돈이 많은 세 유대인, 즉 연방 준비은행의 창설에 반대하던 애스터, 구겐하임, 스트라우스가 동시에 죽은 것은 결코 우연이 아니다. 이후 예수회는 이 은행 덕분에 양차 대전에 자금을 댈 수 있었다. 오직 바티칸에만 이익을 안겨 준 그 전쟁들에 말이다. 케네디의 암살과 관련해서도(영화감독 올리버 스톤 역시 예수회의 조종을 받은 것이 분명하다), 우리가 만일 CIA가 이그나티우스 데 로욜라*의 피정에 영감을 받아 예수회의 프로그램에 따라 생성된 것이고, 예수회가 소련의 KGB를 지렛대로 CIA를 통제했음을 잊지 않는다면 타이타닉호를 수장시킨 바로 그 사람들이 케네디를 죽였음을 이해할 수 있다.

당연히 각종 네오나치와 반유대주의 단체들도 예수회의 사주를 받고 있다. 닉슨과 클린턴 뒤에도 예수회가 있고, 오클라호마시티 폭탄 테러도 예수회가 계획한 것이고, 예수회의 조종을 받는 연방 준비은행에 2억 2천만 달러를 벌어다 준 베트남 전쟁을 조장한 스

* Sanctus Ignatius de Loyola(1491~1556). 예수회 창립자.

펠먼 추기경도 예수회에서 자유롭지 못하다. 또한 예수회가 몰타 기사단을 통해 통제하는 오푸스 데이도 이 대열에서 빠질 수 없다.

예수회와 관련해서는 이것들 말고도 수많은 음모론이 떠돌아다니지만 나머지는 그냥 넘어갈 수밖에 없다. 하지만 이제 사람들이 왜 그렇게 댄 브라운의 책을 열심히 읽는지는 분명해진 듯하다. 어쩌면 그 뒤에도 예수회가 숨어 있을지 모른다.

2008년 1월 11일

우연의 일치를 믿지 마라

누군가 이렇게 썼다. 베를루스코니의 적은 공산주의자와 판사라고. 그런데 지난 지방 선거에서 (전직) 공산주의자 한 사람과 (전직) 판사 한 사람이 승리했다. 다른 누군가는 이렇게 말했다. 1991년 이탈리아 국민에게 투표장에 가느니 그냥 해변으로 놀러나 가라고 했던 베티노 크락시*는 자신이 〈쓸데없는 짓〉으로 선언한 선거 제도 간편화를 위한 국민 투표가 오히려 제법 큰 차이로 통과되면서 그의 정치 생명도 내리막길을 걷기 시작했다고 말이다. 몇 발짝 더 들어가 보자. 베를루스코니는 1994년 3월에 처음 권력을 잡았고, 그해 11월에 포강과 타나로강을 비롯한 많은 지류

* Bettino Craxi(1934~2000). 당시 이탈리아 사회당 당수. 1983년에서 1987년까지 다섯 개 정당이 연합한 정권의 총리를 지냈다.

가 범람하면서 쿠네오 지방과 아스티, 알레산드리아 지방이 침수되었다. 베를루스코니는 2008년 5월에 다시 권력을 잡았지만, 1년 뒤 우리는 라퀼라 지진을 겪었다.

모두 우연의 일치에 지나지 않는다. 베를루스코니와 크락시의 유사성만 제외하고는 그것이 의미하는 바는 아무것도 없었다. 그럼에도 우연의 일치는 오래전부터 수많은 편집증 환자와 음모론자들을 사로잡았다. 특히 단순 사실과 숫자상의 일치만 갖고도 할 수 없는 게 없어 보인다.

뉴욕 쌍둥이 빌딩에 대한 테러와 관련해서도 우연의 일치가 무더기로 발견되었다. 몇 년 전『과학과 초자연 현상Scienza e paranormale』이라는 잡지에 9·11과 관련한 숫자상의 일치가 줄줄이 실렸다. 몇 가지만 거론하자면, 〈뉴욕시New York City〉는 열한 개의 알파벳으로 이루어져 있고, 〈아프가니스탄Afghanistan〉도 열한 자이고, 이 테러의 배후로 지목된 인물인 〈람진 유수프 Ramsin Yuseb〉도 열한 자이고, 〈조지 W. 부시George W. Bush〉도 열한 자이고, 쌍둥이 빌딩은 그 자체로 숫자 11 모양이고, 뉴욕은 미국의 열한 번째 주이고, 빌딩에 충돌한 첫 번째 비행기는 항공 11편이고, 승객 수는 92명인데 9+2는 11이고, 마찬가지로 빌딩에 부딪혀 산산조각이 난 항공 77편의 승객 수는 65명인데 6+5 역시 11이고, 테러 날짜는 9·11이고, 이 숫자는 미국의 긴급 전화번호 911과 같고, 이 세 숫자를 모두 합치면 9+1+1 또한 11이다. 또한 빌딩에 부딪힌 세 비행기의 희생자 수는 254명인데, 그 합도 다시 11이고, 9월 11일은 1년 중 254번째 날이다.

그런데 좀 민망하게도 뉴욕은 City를 추가해야만 열한 자가 되고, 아프가니스탄은 열한 자이기는 하지만 테러리스트들은 거기 출신이 아니라 사우디아라비아와 이집트, 레바논, 아랍에미리트 출신이고, 람진 유수프도 열한 자이지만 이 이름을 Yousef나 Yussef로 음역하면 이 놀이에는 맞아떨어지지 않고, 조지 W. 부시 역시 중간 이름의 첫 글자 W를 첨가해야만 열한 자가 된다. 게다가 쌍둥이 빌딩은 숫자 11 모양으로 볼 수도 있지만 오히려 로마자 II에 더 가깝고, 항공 77편은 쌍둥이 빌딩이 아니라 펜타곤에 떨어졌고, 거기에 탄 승객도 65명이 아니라 59명이었고, 희생자 전체 수도 254명이 아니라 265명이었다. 그 밖에 다른 억지

스러운 예도 많다.

우연의 일치를 더 듣고 싶은가? 얼마든지. 에이브러햄 링컨은 1846년에 하원 의원에 당선되었고, 존 F. 케네디는 1946년에 의회에 입성했다. 링컨이 대통령이 된 것은 1860년이고, 케네디는 1960년이었다. 둘 다 백악관에 있는 동안 아내와 자식을 잃었고, 둘 다 금요일에 남부 출신 남자가 쏜 총에 머리를 맞았다. 링컨의 비서 이름은 케네디였고, 케네디의 여비서 이름은 링컨이었다. 링컨의 후임자는 1808년 출생 앤드루 존슨이었고, 케네디의 후임자는 1908년 출생 린든 B. 존슨이었다.

링컨 암살범 존 윌크스 부스는 1839년생이고, 케네디 암살범 리 하비 오즈월드는 1939년생이다. 링컨은 포드 극장에서 살해되었고, 케네디는 포드에서 만든 〈링컨〉 자동차에서 총에 맞았다.

링컨 암살자는 극장에서 총을 쏜 뒤 창고에 숨었고, 케네디 암살자는 창고에서 총을 쏜 뒤 극장에 숨었다. 부스와 오즈월드는 둘 다 재판에 들어가기 전에 의문의 죽임을 당했다.

게다가 점입가경인 것은, 링컨은 살해되기 일주일

전에 메릴랜드주의 먼로에 있었고, 케네디는 메릴린 먼로와 함께 있었다.

2011년 6월 24일

두 명의 빅 브라더

9월 말 베네치아에서 〈프라이버시〉에 관한 국제회의가 열렸다. 토론 중에 인기 있는 TV 방송 「빅 브라더」*가 여러 차례 언급되었지만, 이 프로그램의 정보 보호 담당자 스테파노 로도타는 모두에서 벌써 이 방송이 결코 사생활을 침해하지 않는다고 장담했다.

방금 언급한 방송이 TV 시청자들의 관음증적 욕구를 자극한다는 점은 의심의 여지가 없다. 시청자들은 부자연스러운 상황에 처한 몇몇 개인이 서로 속내를 숨기며 반전을 노리는 모습을 보면서 즐거워한다. 사실 인간은 그리 선한 존재가 아니다. 예부터 인간들은 기독교인들이 사자에게 갈기갈기 찢기고, 동료를 죽

---

* 70여 개 나라에서 방영되는 TV 리얼리티 쇼. 외부와 차단된 공간에서 열대여 명이 실제로 거주하면서 탈락자를 정하고, 마지막까지 살아남는 사람에게 상을 주는 프로그램.

여야만 자신이 사는 비정한 경기장 안으로 검투사들이 들어서는 장면을 흥미롭게 지켜보았다. 게다가 돈을 주면서까지 연시(年市)에서 기형의 여자들이 재주 부리는 것을 구경했고, 서커스에서 광대에게 엉덩이를 걷어차이는 난쟁이들의 굴욕을 보고 웃었으며, 장터에서 사형수가 공개 처형되는 것을 흥미롭게 지켜보았다. 그에 비하면 「빅 브라더」 방송은 한결 도덕적이다. 단순히 여기선 아무도 죽지 않고 참가자들이 심적 불쾌감의 위험만 걸면 되기 때문이 아니다. 사실 이들을 방송에 참여시킨 사람들이 더 나쁘다. 좋기로야 기독교인들이 기도하기 위해 지하 묘지에 갇히는 것이 더 좋을 테고, 행복하기로야 검투사가 집정관 페트로니우스 아르비테르의 역할을 했더라면, 난쟁이가 람보의 몸을 가졌더라면, 기형의 여자가 브리지트 바르도였다면, 또 사형수가 사면을 받았더라면 더 행복했을 것이다. 하지만 「빅 브라더」에 나오는 사람들은 자발적으로 참여했고, 심지어 자신의 출연에 대가를 치를 준비도 되어 있었다. 무엇을 위해? 자신들이 지고의 가치로 인정하는 것을 얻기 위해서다. 다시 말해 텔레비전에 얼굴을 팔아 유명해지고 싶은 것이다.

그런데 「빅 브라더」에서 헷갈리는 건 누군가의 머리에서 나왔을 이 프로그램의 제목이다. 아마 빅 브라더가 소설 『1984년』에서 조지 오웰이 고안해 낸 알레고리인 줄은 꿈에도 모르는 시청자들이 많을 것이다. 소설 속의 빅 브라더는 소련의 스탈린을 연상시키는 독재자다. 그는 혼자 유일하게, 또는 매우 제한된 소수 지도층과 함께 모든 신민을 끊임없이 감시한다. 신민이 어디에 있건 상관없다. 촉수는 시시각각 곳곳으로 뻗친다. 벤담의 원형 감옥을 떠올리게 하는 소름 끼치는 상황이다. 죄수들은 자신이 감시받고 있는지, 언제 감시받는지 알지 못한 채 간수들만 죄수의 일거수일투족을 들여다볼 수 있는 구조를 가진 이상적인 감옥이다.

조지 오웰의 빅 브라더에서는 극소수의 인원이 만인을 관찰한다면 같은 이름의 텔레비전 방송에서는 정반대다. 모든 사람이 극소수의 인원을 관찰한다. 그래서 우리는 이 빅 브라더를 매우 민주적인 것으로 여기는 동시에 무척 재미있게 생각한다. 하지만 우리가 놓치고 있는 것이 있다. 우리가 방송을 보는 동안에도 우리 등 뒤에는 진짜 빅 브라더가 떡하니 버티고 있다는 사실이다. 〈프라이버시〉에 대한 국제회의에서 다룬 것도 바로 이 빅 브라더였다. 우리가 인터넷 웹 사이트를 방문하거나, 신용 카드를 사용하거나, 우편으로 무언가를 주문하거나, 병원에서 진찰을 받거나, 심지어 CCTV가 설치된 마트를 어슬렁거릴 때도 이제 이 진짜 빅 브라더는 속속들이 지켜본다. 모든 걸 감시하는 몇몇 권력 집단이 바로 그들의 정체다. 만일 이들의 활동이 엄격하게 통제되지 않는다면 우리 모두의 등 뒤에서는 정말 엄청난 자료들이 축적될 테고, 이 자료들은 우리를 완전히 발가벗기는 동시에 우리 모두의 내밀한 면과 사생활을 훔쳐 갈 것이다.

「빅 브라더」 방송을 텔레비전으로 보면서 깔깔거리는 우리의 모습은 본질적으로는 같은 시각 다른 장소에서 배우자가 심각한 불륜을 저지르고 있는 줄은 꿈에도 모른 채 작은 바에서 별 의미 없는 연애질에 열을 올리고 있는 사람과 비슷해 보인다. 따라서 「빅 브라더」라는 제목은 바로 이 시각에도 우리 등 뒤에서 고소한 표정을 지으며 양손을 비비고 있는 누군가의 존재를 우리가 간과하거나 잊게 만드는 데 일조한다.

2000년 10월 12일

〈지적인 말〉

　지난주 어느 저녁이었다. 예루살렘의 회의장에서 한 이탈리아 기자가 내게 이런 이야기를 들려주었다. 이탈리아 통신사의 보도에 따르면 내가 아침의 기자 회견에서 베를루스코니를 보고 히틀러 같다고 말했다는 것이다. 여당의 명망 있는 대변인들은 나의 이 〈정신 나간〉 발언에 격분했을 게 분명하다. 그 사람들이 보기에 내 발언은 전체 유대인에 대한 모독처럼 들렸을 테니까. 그러나 정작 유대인은 전혀 다른 문제들에 관심을 보였다. 이튿날 아침 이스라엘의 여러 신문에 그 기자 회견에 대한 내용이 상세히 보도되었다. 특히 『예루살렘 포스트』지는 1면 머리기사로 실었을 뿐 아니라 3면도 대부분 관련 기사로 채웠다. 그런데 이스라엘 신문들 어디서도 히틀러 이야기는 찾아볼 수 없었고, 회의에서 논란이 됐던 문제들만 거론되었다.

아무리 베를루스코니를 비판적으로 생각하는 사람이라도 제정신이라면 어떻게 히틀러에 비교하겠는가! 한마디로 어불성설이다. 베를루스코니는 5천만 명이 희생된 세계 대전을 일으키지 않았고, 6백만 명의 유대인도 살해하지 않았으며, 의회를 없애지도 않았고, 나치 돌격대나 나치 친위대 같은 특수 부대도 만들지 않았다. 그렇다면 대체 그날 아침에 무슨 일이 있었던 것일까?

이탈리아 사람 중에는 우리 총리가 외국에서 얼마나 평판이 나쁜지 아는 사람이 많지 않다. 그래서 혹시 외국에서 총리와 관련된 질문이 나오면 가끔은 나라도 변호를 해줘야겠다는 마음이 불쑥 들기도 한다. 물론 총리의 명예가 아니라 우리 나라의 명예를 위해서. 그날 아침 한 무례한 기자가 내게 말했다. 베를루스코니와 무바라크, 카다피는 셋 다 사임을 거부했는데, 그렇다면 그런 점에서 베를루스코니는 이탈리아의 카다피라고 할 수 있지 않겠느냐는 것이다. 내 동의를 바라는 눈치였다. 당연히 나는 이렇게 답했다. 카다피는 자기 국민을 향해 총을 쏘라고 명령하고 쿠데타로 정권

을 잡은 피에 굶주린 독재자이지만, 베를루스코니는
어쨌든 이탈리아 국민의 다수결로 당선된 사람이다
(물론 이때 〈유감스럽지만〉이라는 말을 덧붙이기는
했다). 그래도 굳이 공통점을 찾고 싶다면, 물론 이건
농담으로 한 말이다, 베를루스코니를 히틀러에 비교
하는 것도 가능하다고 했다. 둘 다 어쨌든 한번쯤은

전 결과로 이어지자 우리는 곧 다시
진지 제로 돌아갔다.

처 의 그 이탈리아 기자는 통신사 보도를 내게 전
해 주 서 이런 말을 덧붙였다. 〈아시다시피 기자라는
직업은 감추어진 뉴스를 드러내기도 해야 하거든요.〉
나는 그 에 동의하지 않았다. 기자는 진실에 부합하
는 뉴스만 전 지, 진실을 지어내서는 안 된다고 생
각하기 때문이다. 하 이는 우리 사회의 촌스러운
상황을 드러내는 징표이기도 우리 나라는 콜카
타에서 지구의 운명에 대해 토론하는 것에는 이
없고, 콜카타에서 누군가가 베를루스코니에 대해 좋
은 말을 하는지 나쁜 말을 하는지에만 관심을 보인다.
그런데 내가 돌아와서 본 것이지만 이 일에는 참으

로 희한한 측면도 있었다. 그 통신사 기사를 보도한 신문마다 내 발언이 인용 부호와 함께 실려 있었는데, 통신사의 표현이 가관이다. 내가 〈지적인 역설〉의 일환으로 히틀러를 잠시 언급했거나 〈지적인 말〉의 진수를 보여 주려고 그런 비교를 했다는 것이다. 기가 막힐 노릇이다. 나라는 인간은, 그래, 술에 취한 상태에서는 베를루스코니를 히틀러에 비교할 수 있을지 모르겠으나, 혈중 알코올 농도가 아무리 최고치에 달하더라도 〈지적인 역설〉이니 〈지적인 말〉 같은 터무니없는 표현은 결코 사용하지 않는다. 대체 지적인 역설이라는 게 뭔가? 수공업적 역설도 있고, 감각적 역설도 있고, 촌스러운 역설도 있는가? 그런 것들보다 수준 높은 게 지적인 역설인가? 모든 사람에게 수사학이나 논리학의 용어를 통달하라고 요구할 수는 없다. 하지만 확실한 건 〈지적인 역설〉은 말도 안 되는 소리다. 〈지적인 말〉을 하라고 요구하는 사람은 멍청한 말을 지껄인 것이다. 이 일의 본질은 분명하다. 통신사가 인용 부호에 넣어 전달한 말은 투박한 조작일 뿐이다.

이렇게 명백하게 근거도 없는 일이 격분 캠페인을 불러일으켰다. 우리 총리를 좋아하지 않고, 평소에도 주류와 상관없는 물에서 노는 이들을 헐뜯기 위해서다. 그렇다고 최소한 다들 아는 바와 같이 히틀러가 단혼(單婚)이기 때문에 베를루스코니와 비교하는 것이 불가능하다고 말하는 이는 없을 것이다.

2011년 3월 4일

경찰의 탐문 조사와 무례한 인간

오래전 나는 한 성냥갑 칼럼에서 TV 드라마의 나쁜 버릇을 꼬집은 적이 있다. 한 쌍이 잠들기 전에 침대에 누워 있는 장면인데, 대개는 섹스를 나누거나(a), 싸우거나(b), 두통을 호소하거나(c), 서로 뭐가 마음에 안 드는지 한 사람은 이쪽으로, 다른 사람은 저쪽으로 등을 돌린 채 잠든다(d). 반복하자면, 최소한 둘 중 한 사람만이라도 책을 읽는 경우는 결코 없다. 못마땅한 게 그거다. 텔레비전의 이런 장면에 길들여지면 시청자들도 책을 읽지 않는 것을 당연하게 여긴다.

더 나쁜 것도 있다. 만일 형사나 경찰 기동대가 당신 집의 초인종을 누르고 질문을 던진다면(귀찮거나 대답하기 어려운 질문은 별로 없다) 어떤 일이 벌어질까? 당신이 만일 정체가 탄로 날 위험에 처한 상습범

이거나, 경찰 감시망에 걸린 마피아 조직원이거나, 신경증을 앓는 연쇄 살인범이라면 아마 상대를 무시하는 표정과 조롱기 가득한 웃음으로 반응하거나, 아니면 바닥에 쓰러져 발작이 일어난 것처럼 연기할지 모른다. 하지만 흠 잡힐 것이 없는 보통 사람이라면 경찰을 집 안으로 들인 뒤 질문에 차분히 대답하거나, 아니면 약간은 걱정스러운 표정을 지으며 정중하게 대할 것이다. 만일 당신이 법적으로 조금은 꺼림칙한 일이 있는 사람이라면 더더욱 경찰의 신경을 거슬리게 하지 않으려고 조심할 것이다.

그런데 TV 범죄물에서는 어떤 일이 벌어지는가? (이 대목에서 고백하자면 나는 무슨 고상한 것만 챙겨 보는 도덕주의자가 아니라서 범죄물도 항상 관심 있게 시청한다. 특히 프랑스나 독일 범죄물을 즐겨 본다. 물론 「알람 퓌어 코브라 11」처럼 과도한 폭력이나 특수 화학적 분자 결합을 이용한 폭발 장면은 나오지 않는 범죄물들이다.) 어쨌든 이런 범죄물들에서는 경찰이 집에 들어와 질문을 던지기 시작하면 집주인은 항상(단언컨대 〈항상〉이 맞다) 자신이 방금 하고 있던 일을 계속한다. 창밖을 내다보거나 계란 프라이를 하거나 방을 청소하거나 이를 닦거나 하는 등등의 일이다. 심지어 계속 오줌을 눌 때도 있고, 책상으로 가서 엽서를 쓰거나 전화를 걸기도 한다. 한마디로 그 사람은 마치 다람쥐처럼 이리저리 돌아다니면서 질문하는 경찰에게서 등을 돌리려고 최선을 다한다. 그리고 얼마 뒤에는 퉁명스러운 목소리로 이제 여기서 나가 달라고 말한다. 자신은 지금 할 일이 있다는 것이다.

대체 이게 합당한 상황인가? TV 시리즈 연출자들은 왜 경찰을 찰거머리 청소기 외판원처럼 다루라고 시청자에게 주입하지 못해 안달일까? 그들은 말한다. 시청자는 경찰의 탐문 조사를 받는 사람들의 그런 불친절한 태도를 보면서 경찰에 대한 복수의 감정을 느끼고, 그래서 굴욕당하는 경찰을 보면서 승리감에 젖을 수도 있다고. 맞는 말이다. 하지만 그걸 곧이곧대로 믿은 미성숙한 시청자가 정말 경찰을 그렇게 쓰레기처럼 대한다면? 텔레비전에서 그렇게 하더라는 이유로? TV 시리즈의 시청자들은 오늘날 경찰의 탐문을 받는 좀도둑보다 훨씬 중한 죄를 지은 실존 인물들이 법정에 서기 전까지는 진술을 거부할 수 있다고 가르쳤기 때문에 자신의 그런 행동에 대해 아무런 걱정을 하지 않는 것일까?

진실은 이렇다. TV 시리즈 연출자들은 몇 초 이상 지속되는 경찰의 탐문 장면에서 두 배우를 그냥 단순히 마주 세워 놓을 수는 없고, 그 장면을 어떤 식으로건 움직이게 해야 하기 때문이다. 장면을 움직이려면 탐문받는 사람들을 계속 돌아다니게 해야 한다. 그렇다면 연출자는 왜 두 배우가 몇 분간 서로 마주 서 있는 것을 견디지 못하고, 시청자들도 그럴 거라고 생각할까? 특히 사건 진행에 중요한 의미가 있는 문제를 두 배우가 토론할 때에도 말이다. 이유는 분명하다. 그럴 수 있으려면 연출자가 오슨 웰스 감독급은 되어야 하고, 배우들도 안나 마냐니, 「푸른 천사」의 에밀 야닝스, 「샤이닝」의 잭 니콜슨 정도는 되어야 하기 때문이다. 그러니까 카메라의 롱 숏과 클로즈업을 감당해 낼 수 있고, 자신의 감정 상태를 눈빛이나 입가의 실룩거림 하나로 충분히 표현할 수 있는 배우여야 한다는 말이다. 잉그리드 버그만과 험프리 보가트는 「카사블랑카」에서 몇 분 동안 침묵하는 것만으로도 충분히 상황을 표현했고, 마이클 커티즈 감독은 그때 굳이 미디엄 숏* 방식조차 사용

* *medium shot.* 인물의 상체만 포착하는 정도의 화면.

할 필요가 없었다. 하지만 일주일에 1회분의 시리즈를 찍어야 한다면(어떨 때는 2회분을 찍기도 한다) 연출자는 커티즈 감독과 같은 능력을 발휘할 수 없다. 배우들도 독일 범죄물에서 흔히 볼 수 있듯이 경찰이 자기 컴퓨터를 뒤지는 동안 카레 소시지를 먹는 것으로 최선을 다할 뿐이다.

2012년 9월 13일

영웅이 필요한 나라는 불행하다

언론과 방송은 노먼 애틀랜틱호*의 구조 작업이 성
공리에 끝난 것에 찬사를 아끼지 않았다. 사망자와 실
종자가 나왔지만, 전체적으로 보면 성공적인 구조 작
전이라고 할 수 있었다. 언론은 특히 선상에서 구조 조
치를 성공적으로 지휘한 후 맨 마지막으로 배에서 내
린 아르길리오 자코마치 선장을 집중 조명했다. 3년
전 유람선 코스타 콘코르디아호의 〈비겁한 선장〉 사
례가 사회적인 공분을 일으켰기에 그의 행동은 더더
욱 뚜렷하게 부각되는 듯했다. 심지어 몇몇 기사에서
는 〈영웅〉이라는 말까지 등장했다.

언론의 과장은 말릴 수가 없다. 무언가에 동의하지

* 이탈리아의 카페리. 2014년 12월 28일 그리스의 이구메니차에서
출발해 이탈리아 안코나로 가던 도중에 쇼조뢰었지만, 높은 파노 속에서
도 필사적인 구조 작전 덕분에 승객들이 무사히 대피할 수 있었다.

않는다고 누군가 분명한 어조로 확언하면 언론은 바로 그 사람이 마치 올림포스의 제우스처럼 〈벼락 치듯 일갈했다〉고 보도한다. 언론은 사람들이 단순히 말하는 것도 〈천둥 같은 일성을 토했다〉고 쓰고, 사람들이 단순히 어려움에 빠진 것도 〈태풍의 눈 속에 빨려 들어갔다〉고 표현한다. (사실 이 말은 객관적으로도 맞지 않는다. 태풍의 눈 속에서는 완벽한 정적만 흐르기 때문이다. 감정적으로 동요하는 건 그것을 지켜보는 사람들의 시선뿐이다.)

자코마치 선장의 이야기로 돌아가 보자. 사실 여기서 이 이야기를 다시 꺼내는 것은 좀 뒤늦은 감이 없지 않다. 이미 다른 사람들이 나와 비슷한 얘기를 했기 때문이다. 하지만 이 문제를 다시 한번 거론하는 것도 그 자체로 충분히 가치가 있다고 생각한다. 자코마치 선장은 분명 신실한 사람이다. 비록 그 사고에 어느 정도 책임이 있음이 밝혀졌음에도 말이다. 사람들은 앞으로 모든 선장이 그와 같이 행동하길 바란다. 그렇다고 그가 영웅은 아니다. 정직하고 용감하게 자신의 의무를 다한 사람일 뿐이다. 선장이 조난 시 배에서 맨 마지막으로 떠나는 것은 그 직업의 기본 원칙이다. 물론 그 의무를 다하는 데엔 분명 위험이 따른다. 총알이 쏟아지는데도 생명의 위험을 무릅쓰고 지상으로 뛰어내리는 것이 공수 부대원의 철칙인 것처럼 말이다.

어떤 사람이 영웅인가? 칼라일의 이론에 따르면 영웅은 역사에 깊은 족적을 남긴 카리스마 있는 큰 인물을 의미한다. 그러니까 셰익스피어나 나폴레옹 같은 사람들이 영웅이다. 실제로는 그 인물이 위대한 겁쟁이라고 하더라도 말이다. 하지만 이 테제는 위대한 인물이나 큰 사건이 아닌 경제적·사회적 구조나 전체의 경향에 더 주목하는 유물론적 역사가들과 톨스토이에 의해 부정되었다. 그럼에도 사전과 백과사전의 일반적인 견해에 따르면 자신의 의무가 아님에도 타인을 위해 자신의 목숨을 내걸고 비범한 행위를 완수한 사람이 영웅이다. 그런 의미에서 살보 다퀴스토*는 분명 영웅이다. 누구도 그에게 타인의 행동에 책임을 지라고 하지 않았고, 마을 주민을 살리기 위해 목숨을 내놓

* Salvo D'Acquisto(1920~1943). 이탈리아 국가 보위대 소속의 하사관. 1943년 9월 독일군이 로마 주변을 수색하던 도중 수류탄이 터져 다수의 사상자가 났다. 범인을 찾을 수 없자 나치 친위대는 무고한 마을 사람 22명을 범인으로 몰아 집단 총살하려고 했다. 그러자 이 하사관이 자신이 한 일이라고 거짓으로 자백한 뒤 마을 사람들을 구해 내고 자신은 목숨을 잃었다.

으라고 요구하지도 않았다. 그럼에도 그는 자신의 의무를 넘어서는 일을 했고, 그래서 죽었다. 영웅이 되기 위해서 반드시 군인일 필요는 없다. 위험을 무릅쓰고 물에 빠진 아이를 구하거나, 무너진 갱도에서 동료를 구하거나, 편안한 대학 병원 의사직을 내려놓고 감염의 위험이 따르는데도 아프리카에서 평생 에볼라 환자들을 돌보는 사람도 영웅이다. 자코마치 선장 역시 돌아온 뒤에 한 인터뷰에서 이렇게 말했다. 〈영웅은 아무 도움이 되지 않습니다. 그 생각은 더 이상 존재하지 않는 사람들에게나 해당하는 얘기입니다.〉 언론이 호들갑을 떨며 그를 영웅으로 치켜세우는 분위기에서 벗어나는 현명한 대답이었다.

사람들은 왜 자신의 의무를 다했을 뿐인, 용감하고 신중한 사람을 영웅이라고 부르는 것일까? 베르톨트 브레히트는 『갈릴레이의 생애*Leben des Galilei*』에서 영웅이 필요한 나라는 불행하다는 점을 상기시켰다. 왜 불행할까? 그 나라에는 묵묵히 자신의 의무를 다하는 보통 사람이 없기 때문이다. 남의 것을 빼앗아 자기 배를 불리지 않고, 자신의 책임을 회피하지 않는 정직한 방식으로 자신의 의무를 다하는 사람들, 요즘엔 이런 표현을 좋아하는 것 같은데, 〈프로 정신으로〉 자기 일을 하는 사람이 없기 때문이다. 그런 보통 사람들이 없다면 그 나라는 필사적으로 영웅적 인물을 찾기 마련이고, 그렇게 찾은 사람에게 금메달을 나눠 주기에 급급하다.

그렇다면 사람들이 자신의 의무가 뭔지 몰라 일일이 지시 내려 주는 카리스마 있는 지도자를 필사적으로 찾는 나라는 불행하다. 내 기억이 정확하다면 바로 그것이 『나의 투쟁』에 담긴 히틀러의 이념이었다.

2015년 1월 9일

시간과 역사

쓰레기 같은 방송을 좋아하지 않는다고 해서 매일 밤 카드놀이나 하면서 보낼 필요는 없다. 우리의 공영 방송 중에서 가장 훌륭한 〈라이 스토리아RAI Storia〉 채널을 시청하는 것도 한 방법이다. 과거의 우리가 어떻게 살았는지 잊지 않기 위해 특히 청소년들에게 꼭 권하고 싶은 채널이다. 내가 거의 매일 저녁 시청하는 프로그램은 「시간과 역사Il Tempo e la Storia」이다. 오프닝 크레디트만 좀 줄이면 훨씬 나을 듯한데, 오프닝 크레디트와 본 프로그램 시작 사이의 간격이 너무 길어 그사이에 채널을 바꾸고 싶은 생각이 들기 때문이다. 아무튼 이 프로그램은 그 자체로 상당히 알차고 의미 있는 방송이다.

며칠 전에는 어린이와 청소년들에 대한 교육 문제가

다루어졌다. 과거의 파시즘 체제는 발릴라,* 늑대의 아들들, 이탈리아 청소년단, 리토리알리** 같은 조직과 학교 교과서를 통해 아이들에게 자신들의 사상을 주입했다. 이런 이야기가 오가던 중에 문득 다음과 같은 질문이 제기되었다. 한 세대 전체를 사로잡은 이 전체주의적 교육이 이탈리아인들의 국민성에 깊은 흔적을 남겼을까? 이 대목에서 자연스럽게 파솔리니의 발언이 떠올랐다. 그는 언젠가 이런 말을 했다. 이탈리아의 민족성은 이전 독재 체제보다 전쟁 이후 신자본주의에 의해 각인된 것이 더 많다고. 이를 두고 방송에서 진행자와 역사학자의 대화가 이어졌지만, 두 사람은 신자본주의의 영향보다 파시즘의 영향에 대해 더 많은 이야기를 나누었다.

극단적 네오나치를 제쳐 놓고도 우리의 민족성에는 파시즘적 유산이 분명 어느 정도는 남아 있고, 그것은 이따금 인종주의나 동성애 혐오증, 마초 문화, 반공주의, 우익 발호 등의 형태로 다시 나타나곤 한다. 물론

---

* 1926년에 창설된 이탈리아 국가 파시스트당의 청소년 조직. 이를 본떠 나중에 독일에서 히틀러 유겐트가 조직되었다.
** 1932년부터 1940년까지 이탈리아에서 열린 대학생들의 문화, 예술, 스포츠 축제.

엄밀하게 보면 이러한 성향은 파시즘 이전의 이탈리아에도 존재했다. 하지만 나는 파솔리니의 말이 맞는다고 생각한다. 이탈리아 국민성은 근본적으로 소비이데올로기와 자유 무역의 환상, 텔레비전의 영향을 훨씬 더 많이 받았다. 게다가 그런 영향을 위해 굳이 베를루스코니 같은 사람이 필요한 것도 아니었다. 그는 그런 이데올로기의 아버지가 아니라 기껏해야 아들에 지나지 않았고, 미 해방군이 던져 주는 껌을 씹고 마셜 플랜과 1950년대 경제 부흥기를 경험한 세대일 뿐이다.

파시즘이 이탈리아인들에게 요구하고 강제한 것은 무엇일까? 파시즘을 믿고 따르고, 파시즘과 함께 투쟁하고, 전쟁의 제식, 즉 조국을 위한 고귀한 죽음의 이상을 실천하고, 조국의 명령이라면 불구덩이라도 뛰어들고, 되도록 많은 자식을 생산하고, 정치를 존립의 최고 목표로 삼고, 이탈리아를 선택받은 민족으로 여기라는 것이다. 이탈리아 민족성 속에 이러한 특색이 아직도 찰거머리처럼 남아 있을까? 가당찮은 소리다. 이것들은 희한하게도, 하메드 압델사마드가 지난주에 『레스프레소』에서 밝혔듯이 이슬람 근본주의자들에게서 발견된다. 이들에게는 광적인 전통 숭배가 있고, 영웅 미화, 죽음 예찬, 여성의 굴종, 영원한 전쟁 욕구, 책과 총에 대한 이상이 존재한다. 이 모든 관념을 자기화한 이탈리아인은 극소수다(극우와 극좌 테러리스트들은 예외이지만 이들도 가미카제식의 희생보다는 타인을 죽이는 방향으로 나아가고 있다). 제2차 세계대전이 흘러간 방식이 그에 대한 증거다. 죽음과의 자발적 만남은 역설적으로 마지막 비극의 순간에만 유일하게 나타났다. 살로 공화국*의 파시스트들과 빨치산의 최종 전투에서 말이다. 물론 소수에 불과하지만.

반면에 베를루스코니에 이르기까지 몇몇 현상 속에서 신자본주의가 우리에게 제안한 것은 무엇일까? 귀신에 씐 것처럼 물건 사들이기, 정 급하면 할부로라도 자동차와 냉장고, 세탁기, 텔레비전 구매하기, 탈세를 합법적 요령 정도로 여기기, 바보상자 앞에 앉아 저녁 내내 오락 방송 보기, 그러다 밤이 깊어지면 반라의 댄

---

* 1943년 제2차 세계 대전 중에 이탈리아가 패배하자 베니토 무솔리니가 나치 독일의 보호 아래 살로라는 도시에 세운 이탈리아 사회 공화국 망명 정부. 1945년 독일의 항복과 함께 살로 공화국도 자연히 해체되었는데, 무솔리니는 스위스로 도망가던 중에 빨치산에게 잡혀 부잠히 살해되었다.

서들 구경하기, 클릭 한 번으로 편리하게 하드 코어 포르노 보기, 정치에 관심을 두지 않기, 투표장엔 되도록 가지 않기(이건 기본적으로 미국식 모델이다), 자식 적게 낳기 같은 것들이다. 간단하게 말해서 〈인생 뭐 있나〉 하는 정신으로 되도록 쉽게 살라는 것이다. 수많은 이탈리아인이 환호성을 올리며 이 모델에 적응했다. 가난하고 절망에 빠진 제3세계 주민을 돕기 위해 자신을 희생하는 사람은 극소수에 불과하다. 많은 이들의 말처럼 집에서 바보상자 앞에 앉아 있는 대신 자기 자신을 찾으러 떠나는 사람들이다.

2015년 1월 27일

4부

인종주의의 여러 형태

히잡을 쓰라고 누가 명령했을까?

히잡에 대해선 이미 많은 이야기가 나왔고, 찬반 의견도 충분히 개진되었다. 내가 보기엔 로마노 프로디의 입장이 무척 합리적으로 들린다. 만일 히잡을 단지 얼굴을 가리지 않은 일종의 두건으로 이해한다면 얼마든지 쓸 수 있다는 것이 그의 견해였다(심지어 순수 미적 차원에서 바라본다면 그건 얼굴을 좀 더 고상하게 만들고, 모든 여자를 안토넬로 다메시나의 그림 속 성모 마리아처럼 보이게 한다). 하지만 히잡으로 인해 사람까지 알아볼 수 없는 때는 다르다. 그건 이탈리아에서 법적으로 금지되어 있기 때문이다. 당연히 이 금지는 또 다른 논란을 불러올 수 있다. 그런 이유로 히잡을 금지한다면 카니발에서 쓰는 가면도 금지해야 하기 때문이다(스탠리 큐브릭 감독의 영화「시계태엽

오렌지」를 봤다면 우스꽝스러운 가면을 쓰고 끔찍한 범죄를 저지르는 사람을 기억할 것이다). 아무튼 이건 지엽적인 문제일 뿐이다.

무언가가 어떤 관점이나 기능 면에서 다른 무언가를 대신할 때 상징의 문제가 대두되는데, 그런 의미에서 이슬람의 히잡은 기호학적 현상이다. 그러니까 그것은 나쁜 날씨로부터 몸을 보호하는 것이 일차적 목적이 아닌 제복이나, 수녀들이 종교적인 의미로 쓰는 코이프(이것도 마찬가지로 상당히 우아하게 보일 때가 많다)와 비슷하다는 말이다. 히잡이 많은 논란을 불러일으키는 것도 그 때문이다. 반면에 예전에 시골 아낙들이 사용했던 두건을 두고는 그런 논란이 일지 않는다. 거기엔 상징적인 의미가 없기 때문이다.

히잡이 비판을 받는 것은 자신의 정체성을 분명히 드러낼 목적으로 착용하기 때문이다. 하지만 자신의 소속이나 정체성을 드러내는 것을 뭐라 할 수는 없다. 우리도 정당 배지를 달고, 카푸친 작은 형제회의 수도복이나 오렌지색 티베트 승복을 입거나 머리를 미는 식으로 남들과 자신을 구분한다. 다만 흥미로운 건 코란이 그렇게 하라고 명령했기에 무슬림 여성들이 히잡을 써야 하느냐 하는 문제이다. 최근에 이슬람 수니파에 속하는 예라히 할베티 형제단의 이탈리아 총대리 가브리엘레 만델 칸이 『이슬람Islam』이라는 책을 출간했다. 내가 보기엔 이슬람 세계의 역사와 신학, 도덕, 관습을 엿볼 수 있는 최고의 개론서인 듯하다. 거기엔 얼굴과 머리카락을 가리는 히잡이 이미 이슬람 시대 이전에도 일상화되어 있었다는 내용이 나온다. 주로 기후적인 원인에서 말이다. 그런데 히잡 착용과 관련해서 늘 인용되는 코란 24장에는 그런 규정이 없다고 한다. 가슴만 가리라고 기술되어 있을 뿐이라는 것이다.

나는 만델이 코란을 너무 현대적 감각으로 또는 너무 온건하게 번역했을 수도 있겠다 싶어 인터넷에서 이슬람 당국이 공인한 권위 있는 코란 번역을 검색해 보았고, 그 과정에서 이탈리아에 있는 이슬람 연합회의 코란을 찾아냈다. 거기 24장에는 이렇게 적혀 있다. 〈독실한 여성들에게 이르노니 시선을 늘 낮추고, 순결을 지키고, 밖으로 드러낼 수밖에 없는 것 외에는 어떤 장신구도 내보여서는 안 된다. 또한 천으로 가슴을 가려야 하고, 남편, 아버지, 남편의 아버지, 자신의 아들,

남편의 다른 아들, 자신의 형제, 형제자매의 아들〉 등
을 포함해서 〈여자의 알몸에 대해 아무것도 모르는 어
린아이들 말고는 누구에게도 자신의 매력적인 곳을
드러내서는 안 된다.〉 나는 또 혹시 몰라 마지막으로
위대한 이란 학자 알레산드로 바우사니의 고전적 코
란 번역을 찾아보았고, 거기서도 미세한 어휘의 차이
를 제외하고 여성들은 〈베일로 가슴을 가려야 한다〉
는 규정을 발견했다.

　나처럼 아랍어를 모르는 사람으로선 서로 다른 세
번역을 확인하는 것만으로도 충분했다. 코란은 여성
들에게 단순히 정숙하게 입을 것을 요구했다. 만일 오
늘날 서방 세계에서 코란이 쓰였다면 배꼽을 가리라
고 했을지 모른다. 오늘날 서방에서는 백주 대낮의 길
거리에서도 거리낌 없이 벨리 댄스를 추고 있으니 말
이다.

　그렇다면 여성들에게 베일을 쓰라고 요구한 사람은
누구였을까? 만델은 어느 정도 고소한 심정으로 답한
다. 그 인물은 바로 「고린도 전서」의 사도 바울이라는
것이다. 물론 바울은 이 의무를 설교하고 예언하는 여
성들에게로 한정했다. 그런데 바울 이후 또 다른 기독

교인인 테르툴리아누스가 코란이 나오기 아주 오래전에 자신의 저서 『여성의 치장 *De cultu feminarum*』에서 이렇게 썼다(테르툴리아누스는 몬타누스파의 동조자이기는 했으나 줄곧 기독교인으로 남았다).

너희는 오직 너희 남편의 마음에 들도록 해야 한다. 너희가 다른 남자의 마음에 들지 않으려고 노력할수록 남편은 더욱 흡족해할 것이다. 걱정하지 마라, 너희 마리아의 후손들이여, 어떤 아내도 남편의 눈에는 추해 보이지 않는다. (……) 세상의 모든 남편은 만일 기독교인이라면 아내의 방정한 품행을 중시하지, 아내에게 아름다움을 요구하지는 않는다. (……) 나는 너희에게 짐승처럼 야만적으로 꾸미고 다니라고 말하는 것이 아니다. 또한 불결함과 더러움의 유익함을 설득하려는 것도 아니다. 나는 그저 너희가 너희 몸을 올바로 가꾸는 방식을 가르치고 싶을 뿐이다. (……) 살갗에 기름을 바르고, 얼굴을 화장으로 왜곡하고, 눈썹을 검정 물감으로 길게 그리는 여자는 하느님에게 죄를 짓는 것이다. (……) 하느님은 너희가 베일을 쓰길 원하신다. 아

마 남들이 너희 얼굴을 보지 못하게 하기 위해서일
것이다.

오호, 이제야 알 것 같다. 과거의 온갖 그림들 속에
서 성모 마리아와 독실한 여성들이 왜 무슬림 여성들
처럼 베일을 쓰고 있는지.

2006년 11월 16일

반유대주의자들의 모순

피아니스트 다니엘 바렌보임은 전 세계 많은 지성인에게 현재 팔레스타인에서 진행 중인 비극적인 사태에 반대하는 호소문에 서명해 달라고 부탁했다. 첫눈에 볼 때 이 호소는 지극히 당연해 보였다. 세계인이 힘을 합쳐 강력한 중재에 나서 달라고 요구하는 것이 그 기본 정신이었기 때문이다. 그런데 좀 특이한 것은 이 호소문의 주창자가 이스라엘 출신 예술가라는 사실이다. 이는 생각이 깊고 형안을 갖춘 이스라엘의 정신들이 이제 어느 쪽이 옳고 그른지를 따지기보다는 두 민족의 평화로운 동거를 지지하는 쪽으로 나아가고 있음을 상징한다. 그렇다면 이는 이스라엘 정부에 대한 정치적 시위이지, 보편적 반유대주의의 표출로 해석할 이유가 없다. 시위 참가자들이 스스로 명백하게 반유대주의를 표방하지만 않는다면 말이다. 그럼에도 〈암스테르담이나 다른 곳의 반유대주의 시위〉를 언급하면서 그게 마치 지구상에서 지극히 보편화된 일이라는 듯이 말하는 신문들이 있다. 이는 오늘날 그것을 비정상적으로 여기는 것이 비정상적으로 보일 정도로 정상적인 일처럼 보인다. 하지만 우리 한번 이렇게 물어보자. 우리는 독일 메르켈 정부에 반대하는 정치 집회를 〈반(反)아리안족〉 집회라고 부르는가? 혹은 베를루스코니 정부에 반대하는 집회를 〈반라틴 민족〉 집회라고 부르는가?

수천 년간 이어져 온 반유대주의 문제를 비롯해서 그것의 주기적인 소생과 다양한 뿌리를 소상히 다루기엔 성냥갑 칼럼의 지면이 턱없이 부족하다. 2천 년 동안 끈질기게 살아남은 이 신조는 종교적 믿음과 비슷한 성격, 그것도 어느 정도 근본주의적인 신앙 고백과 같은 성격을 띠고 있다. 그렇다면 이것을 수백 년 동안 우리 지구를 오염시켜 온 많은 광신주의 가운데 하나로 여겨도 무방하다. 그렇게 많은 사람이 우리를 몰락시킬 음모를 꾸미는 악마의 존재를 믿는다면 유대인의 세계 정복 음모를 믿지 못할 이유가 어디 있겠는가?

그런데 나는 여기서 비합리적이고 맹목적인 신조들이 늘 그렇듯 반유대주의 역시 모순으로 가득하고, 반유대주의자들이 그것을 인지하지 못한 채 거리낌 없이 사용하고 있다는 점을 지적하고 싶다. 19세기 반유대주의 대변자들 사이에서는 두 가지 상투적인 말이 회자되었고, 상황에 따라 각각 다르게 사용되었다. 첫째, 유대인은 비좁고 음습한 곳에서 생활하기에 기독교인보다 전염병이나 질병의 감염에 훨씬 쉽게 노출되어 있고, 그래서 위험하다. 둘째, 유대인은 정확히 알 수 없는 신비스러운 이유로 페스트나 다른 역병에 저항력이 뛰어나고, 게다가 굉장히 감각적이고 놀랄 정도로 생산적이어서 기독교 세계로 서서히 스며드는 위험한 침입자다.

그 밖에 좌파 우파 할 것 없이 광범하게 퍼져 있던 또 다른 상투적인 말도 있었다. 나는 여기서 그에 대한 대표적인 보기로 사회주의적 반유대주의 대변자와 가톨릭 반유대주의 대변자를 거론하고 싶다. 전자는 현대 반유대주의 창시자라 불리는 알퐁스 투스넬(『유대인, 시대의 왕들 Les Juifs, rois de l'époque』, 1847)이고, 후

자는 반유대주의 작가 구즈노 데 무소(『유대인, 유대
문화, 그리고 기독교 민족들의 유대인화 *Le Juif, le
judaïsme et la judaïsation des peuples chrétiens*』, 1869)
이다. 두 사람은 다음과 같은 논거를 댄다. 유대인은 결
코 농사를 지은 적이 없다. 그래서 자신들을 받아 준 국
가의 생산적 활동과는 항상 단절한 채 살았다. 그걸 상
쇄하기 위해 그들은 오직 금융업, 그러니까 돈과 황금
의 소유에만 집착했다. 그들은 태생적으로 유목민이어
서 늘 메시아적 희망을 가슴속에 품으며 자신들을 너그
럽게 받아 준 국가를 다시 떠날 준비를 한다. 그들에게
중요한 건 단 하나다. 바로 전 재산을 쉽게 들고 나갈 수
있는 것으로 바꾸어 놓아야 한다. 또한 그 시대의 다른
반유대주의 텍스트들은 악명 높은 「시온 장로 의정서」
같은 것들을 들먹이며 유대인이 자신의 나라를 갖기 위
해 대지주들을 향해 테러를 계획하고 있다고 뒤집어씌
우기도 했다.

반유대주의가 자기 안의 모순을 전혀 두려워하지
않는다는 사실은 이미 언급한 바 있다. 하지만 조금만
현실을 들여다보면 그들의 주장을 뒤엎는 반대 증거
는 명확하다. 그중 하나가 이스라엘 유대인의 탁월한

특징이 바로 팔레스타인 땅을 초현대적 방식으로 개간하고 모범적인 농장을 건설했다는 사실이다. 그들이 싸우는 것도 자신들이 오랫동안 살고 있는 영토를 지키기 위해서다. 물론 아랍의 반유대주의자들이 유대인을 비난하는 것도 바로 그 때문이다. 심지어 그들은 이스라엘이라는 국가를 세계 지도에서 완전히 지우는 것을 최고 목표로 삼고 있다. 간단히 말해서, 반유대주의자들은 유대인이 자신의 집에 가끔 머무는 것도 신경에 거슬리고 장시간 머무는 것도 싫어한다는 것이다.

어찌 됐건, 유대인을 터무니없는 선입견으로 미워하는 것도 고약하지만, 이스라엘 정권과 정책을 비판하는 모든 사람에게 즉각 반유대주의 혐의를 씌우는 것도 문제다.

2009년 1월 23일

알려지지 않은 아내와 남편들

이탈리아 여성 인물 백과사전(www.enciclopedia delledonne.it)에는 시에나의 카테리나부터 티나 피카에 이르기까지 수많은 여성이 수록되어 있는데, 그중에는 부당하게 잊힌 사람이 무척 많다. 1690년에 질 메나즈는 이미 여성 철학자들의 역사를 다룬 책에서 소크라테스 시대의 디오티마, 키레네의 아레테, 메가라의 니카레테, 견유학파의 히파르키아, 소요학파의 테오도라, 에피쿠로스학파의 레온티아, 피타고라스학파의 테미스토클레이아에 대해 보고했다. 우리가 대부분 잘 모르는 철학자들이다. 오늘날 우리가 그중 상당수 인물을 망각의 어둠에서 기억의 빛 속으로 다시 끄집어내는 일은 당연해 보인다.

그런데 아쉬운 것은 아내들의 백과사전이 없다는

것이다. 위대한 남자들 뒤에는 위대한 여자들이 있었을 텐데 말이다. 그런 예는 유스티니아누스 황제와 테오도라 부부에서 시작해서 원한다면 버락과 미셸 오바마 부부에 이르기까지 수없이 많다. (이상하게도, 반대 경우는 없다. 영국의 두 엘리자베스 여왕을 떠올려 보라.) 하지만 그 아내들은 보통 언급되지 않는다. 고대 그리스 이후 더 많은 주목을 받는 사람은 아내가 아니라 남자의 연인들이다. 클라라 슈만이나 알마 말러 같은 여성은 결혼 중의 외도나 이혼 후 이야기로 큰 화제를 불러일으켰다. 기본적으로 항상 그 자체로 인용되는 아내는 크산티페가 유일하다. 물론 그것도 나쁜 아내로 몰아가기 위해.

어쩌다 피티그릴리의 책을 읽게 되었다. 그는 박식한 인용으로 이야기에 양념을 쳤는데, 그때마다 이름을 틀리게 쓸 때가 많았다. 그것도 지속적으로 말이다 (예를 들어 Jung이라고 써야 할 것을 Yung이라고 썼다). 주기적으로 발행되는 신문이나 잡지에서 수집한 일화들은 그게 더 심했다. 어쨌든 그는 이 책에서 사도 바울의 다음 경고를 상기시킨다. 〈욕정으로 비뚤어지는 것보다는 결혼하는 게 낫다.〉 (소아 성애 신부에게는 좋은 충고다.) 그러면서도 그는 플라톤과 루크레티우스, 베르길리우스, 호라티우스 같은 많은 위인이 독신이었다고 덧붙였다. 완전히 틀린 얘기도 아니지만 어쨌든 완전히 맞는 얘기는 아니다.

플라톤의 경우는 맞다. 역사가 디오게네스 라에르티오스의 말에 따르면 플라톤은 아름다운 소년들만을 위한 경구시를 썼다고 한다. 제자 중에는 〈라스테니아〉와 〈악시오테이아〉라는 이름의 여성이 둘이나 있었는데도 말이다. 플라톤은 도덕적인 남자라면 한 여자를 아내로 맞아야 한다고 가르쳤다. 정작 본인은 소크라테스의 불행한 결혼을 보면서 결혼에 부담감을 느낀 것이 분명해 보인다. 반면에 아리스토텔레스는 처음엔 피티아스와 결혼했고, 아내가 죽은 뒤에는 헤르필리스와 함께 살았다. 이때 그녀가 정식 아내였는지는 분명치 않지만, 어쨌든 두 사람은 부부처럼 살았다. 아리스토텔레스는 유언장에서도 그녀를 아주 사랑스럽게 언급했다. 『니코마코스 윤리학』의 유래가 된 아들 니코마코스를 낳은 것도 헤르필리스였다.

호라티우스는 배우자도 자식도 없었으나 그가 쓴 글을 보면 몇 차례 불장난 같은 연애를 한 것으로 보인다. 반면에 베르길리우스는 자신의 사랑을 털어놓을 만큼 용감하지 못했던 듯하다. 그럼에도 동료 시인 바리우스 루푸스의 아내와 모종의 관계를 가졌던 것으로 알려져 있다. 오비디우스는 세 번 결혼했다. 루크레티우스에 관한 연애담은 고대의 어떤 원전에도 거의 나오지 않는다. 다만 교부(敎父) 히에로니무스가 슬쩍 흘려 놓은 것을 보면 루크레티우스는 사랑의 미약(媚藥)을 먹고 미쳐서 자살한 것으로 추정된다. 물론 교부의 입장에서는 그 위험한 무신론자를 미친 인간으로 몰아붙이는 것이 여러모로 나았을 것이다. 어쨌든 히에로니무스의 이 이야기에 기초해서 중세와 르네상스 교회는 비밀에 싸인 〈루킬리아〉라는 여자를 지어냈다. 루크레티우스의 아내인지 연인인지, 마술사인지 아니면 그저 사랑에 빠진 여인인지는 몰라도 마법사에게 간절히 애원해서 사랑의 미약을 얻어 낸 여자였다. 또 다른 버전으로는 루크레티우스가 그 약을 스스로 먹었다는 설도 있다. 하지만 어떤 이야기도 루킬리아를 좋은 여자로 그리지는 않았다. 루크레티우스가 〈아스테리스쿠스〉라는 소년을 향한 불행한 사랑에 빠지는 바람에 스스로 목숨을 끊었다고 전하는 인문

주의자 폼포니우스 라이투스의 이야기만 제외하면 말이다.

수백 년 더 올라와 보면 단테는 오매불망 베아트리체만 꿈꾼 것으로 알려져 있다. 하지만 결혼은 젬마 도나티와 했다. 물론 본인 입으로 밝힌 적은 한 번도 없지만. 데카르트와 관련해서는 다들 그가 독신으로 살았다고 생각한다. 파란만장한 삶 뒤에 일찍 생을 마감했기 때문이리라. 하지만 그에겐 다섯 살 때 죽은 〈프랑신〉이라는 딸이 있었다. 엄마는 암스테르담에 있을 때 알게 되어 몇 년간 함께 살았던 네덜란드 출신의 헬레나 얀스 판 데르 스트롬인데, 데카르트는 그녀를 가정부 정도로만 취급했을 뿐 그 이상으로 생각하지는 않았다. 하지만 딸만큼은 몇몇 호사가들의 비방과 달리 자신의 후사로 인정했다. 다른 출처들에 따르면 데카르트는 그 밖의 또 다른 연애 사건들도 있었다.

간단히 말해서 에드몽 로스탕의 희곡에 나오는 시라노 드 베르주라크(로스탕의 숭배자들에게 이런 소식을 전하게 된 것을 참으로 유감스럽게 생각한다), 또는 비트겐슈타인처럼 어느 정도 솔직하게 스스로 동성애자라고 밝힌 경우를 제외하면 우리가 위인 중에서 확실하게 독신이라고 말할 수 있는 사람은 칸트뿐이다. 심지어 헤겔도 결혼했다. 헤겔 같은 사람이 바람둥이일 거라고는 상상이 되지 않지만 어쨌든 그는 식탐이 많았던 데다가 사생아 아들까지 하나 있었다. 마르크스는 특별히 말할 게 없다. 지극히 합법적으로 예니 폰 베스트팔렌과 결혼했으니.

남은 문제 하나. 젬마는 단테에게, 헬레나는 데카르트에게 어떤 영향을 끼쳤을까? 역사가 입을 다물고 있는 다른 수많은 아내는 말할 것도 없다. 만일 아리스토텔레스의 작품이 진짜 그의 아내 헤르필리스가 쓴 것이라면? 확인할 길은 없다. 다만 남편들이 쓴 역사는 아내들을 익명으로 숨겨 둘 수밖에 없었을 것이다.

2010년 8월 20일

톰 아저씨의 귀환

　요즘처럼 추적추적 내리는 비 때문에 계절의 여왕이라는 말이 무색해진 이 5월의 어느 잿빛 아침, 기차 칸에서 푸리오 콜롬보의 한 소설(이게 소설인가?), 그것도 표지도 없고 처음 몇 페이지가 빠진 이 책을 읽는 독자라면 이런 의문이 불쑥 들지 모른다. 잔인한 체벌로 고통받는 깡마른 아이들을 똑같이 등장시키면서까지 디킨스를 모방할 이유가 있었을까? 『톰 아저씨의 오두막Uncle Tom's Cabin』의 〈불쌍한 흑인들〉 이야기를 꼭 이렇게 다시 베껴야 했을까? 아니 좀 더 나쁘게 말해서, 〈흑인들〉이 공공 교통수단에서 쫓겨나던 미국 남부의 이야기를 오늘의 현실처럼 우리에게 다시 들려줄 이유가 있을까? 우리가 그런 시대에 살고 있지 않다는 것을 다행으로 알라는 뜻으로?

그런데 독자가 나중에 이 책의 표지와 서문이 빠지지 않은 온전한 책을 다시 보게 된다면, 그래서 이 책의 제목이 『반(反)북부 동맹*Contro la Lega』(Laterza, 2012, 단돈 9유로, 스티븐 킹의 얼굴이 하얗게 질릴 정도로 무서운 이야기들이 많이 담겨 있다)이라는 사실을 알게 된다면 깜짝 놀랄 것이다. 게다가 이 책은 지어낸 이야기가 아니라 북부 동맹이 〈파다나〉라고 부르는 포 계곡의 여러 지역에서 저지른 실질적인 인종 차별 사건과 탄압 행위를 상세히 담고 있다. 모두 방금 언급한 그 정당이 정권을 잡은 지역이다. 콜롬보는 의회에서 의원 자격으로 이 사건들을 자주 꼬집었는데, 그러다 한번은 북부 동맹 소속의 브리간디로부터 〈꼴값 떨고 있네!〉라는 말까지 들었다.

안타깝게도 허구가 아닌 이 책에서 콜롬보는 〈근위대와 경찰이 새벽 2시와 3시 사이에 아이들의 비명 속에서 집시들의 야영지를 불도저로 싹 밀어 버린 이탈리아 역사〉를 들춘다. 또한 이탈리아 국적이 있음에도 집시 아이들이 이탈리아 아이들과 같은 학급에서 공부하지 못하고 별도 학급에 수용되고, 다른 외국 아이

* 북부 동맹은 분리주의를 주창하는 이탈리아 극우 정당이다.

들과 마찬가지로 점심 급식도 먹지 못한 이야기가 담겨 있다. 이 책은 카리스 가족의 이야기로 시작한다. 조부모 대부터 이탈리아 국적을 갖고 있던 아버지는 브레시아주의 키아리에서 고철상을 했다. 중도 좌파 정부는 경솔하게도(!) 이 가족에게 방 세 개짜리 조립식 집을 배당했다. 그런데 2004년에 새로 정권을 잡은 북부 동맹 당국은 마차토르타 시장의 주도하에 그 부지를 다시 자치 단체로 환수하는 조치를 내렸다. 〈도시 정비 계획〉이 바뀌었다는 이유에서다. 카리스 가족의 집은 헐렸고, 지방 정부는 그들의 주민 등록을 말소했으며, 아이들은 학교에 갈 수 없었다. 이제 온 가족은 여행용 트레일러로 쫓겨났다. 아버지가 퇴근해서 잠을 자러 트레일러에 들어가면 경찰은 문에다 쇠지레를 채워 아무도 나오지 못하게 했다.

그 밖에 이 책은 유럽 연합 외의 나라에서 온 사람들이 이탈리아에서 어떤 일을 당하고 사는지 보고한다. 테르몰리에서는 경찰관들이 방글라데시 출신의 행상을 체포해서 두들겨 패고는 순찰차 트렁크에 감금해 버렸다. 파르마에서는 사복 경찰이 야간 학교에 가는 흑인 청소년을 급습해서 다짜고짜 폭력을 행사했다.

경찰이 마약 밀매상으로 오해해서 벌어진 일이라는 건 나중에야 밝혀졌다. 바레세의 한 버스에서는 열네 살 먹은 이탈리아 청소년이 머리에 두건을 쓴 또래 여학생에게 자리를 양보해 달라고 요구했고, 소녀가 거부하자 그 아이를 포함해 다른 친구들까지 나서서 발길질을 하고 주먹을 날렸다. 베르가모의 한 버스에서는 여자 승객이 핸드폰을 잃어버렸다고 소리치자 버스 검표원은 짙은 피부의 한 소년을 범인으로 지목한 뒤 버스를 세우고 소년의 옷을 죄다 벗겨 몸을 수색했다. 그러나 핸드폰은 나오지 않았다. 진짜 도둑은 다른 사람임이 분명했다. 그런데도 소년의 몸에서 70유로가 나오자 검표원은 돈을 압수해서 여자에게 건넸고, 여자도 핸드폰 보상금 조로 감사하게 받았다.

이만큼 읽었는데도 아직 11페이지밖에 이르지 못했다. 다음 장들은 리비아 난민이 해상에서 이탈리아 군인에게 저지당해 카다피의 앞잡이들에게 돌려보내진 뒤 겪어야 했던 고초부터 칼럼니스트 가드 레르네르[*]가 〈코쟁이〉로 놀림을 당하는 것까지 차별과 박해의

---

[*] Gad Lerner(1954~). 몇몇 신문과 TV 방송에서 활동하는 유명 삭가이자 대표적 언론인. 그에 대한 비난은 유대계라는 출신에서 비롯되었다.

사례로 가득하다. 소설에서나 볼 수 있을 법한 추악함과 잔인함의 강도는 점점 세지면서.

　이탈리아인들이 이 책에서 덤덤하게 이야기하는 이 모든 일을 수년 전부터 아무렇지도 않게 받아들이면서도 고작 다이아몬드 네 개와 돈으로 산 두세 개의 졸업장에 그렇게 흥분하는 것을 보면(사실 알바니아에서 졸업장을 따기로 결정한 것도 경미하지만 인종주의의 징표가 아닐까?) 참으로 희한한 일이 아닌가 싶다.*

　　2012년 5월 10일

　*2012년 4월, 북부 동맹의 설립자 움베르토 보시가 공금을 개인 목적으로 사용했다는 스캔들이 터졌다. 돈의 일부는 그의 아들이 알바니아에서 학위를 따는 데 사용되었다고 한다.

『쥐』에서 샤를리까지

나의 벗 아트 슈피겔만은 내가 보기엔 천재다. 그의 만화책『쥐』*는 만화책임에도 홀로코스트를 다룬 중요한 문학 텍스트다. 하지만 작금의 사태에서는 그에게 동의할 수 없다. 슈피겔만은 영국의 정치 주간지『뉴 스테이츠먼*New Statesman*』에 표지 그림을 그려 달라는 청탁을 받았다. 다른 신문들이 보도한 그의 표지 그림은 몸이 꽁꽁 묶이고 입에 재갈까지 물린 여자의 모습을 표현했는데, 정말 훌륭했다. 그런데 슈피겔만은 잡지사에 자신의 무함마드 캐리커처도 함께 실어 달라고 요구했고, 잡지사는 거부했다. 그러자 그는 곧바로 표지 그림을 회수해 버렸다.

* 아트 슈피겔만,『쥐*Maus*』, 권희종·권희섭 옮김 (서울: 아름드리미디어, 2014).

프랑스 시사 주간지 『샤를리 에브도*Charlie Hebdo*』
에 대한 테러 공격을 두고 혼돈과 소란은 그치지 않았
다. (나는 이 사건과 관련해서 어떤 칼럼도 쓰지 않았
다. 사건 직후 두 곳에서 이미 인터뷰를 한 탓도 있지
만 칼럼을 써봐야 2주 뒤에나 실린다고 했기 때문이
다. 어쨌든 그 사건으로 큰 충격을 받은 건 사실이다.
학살극으로 목숨을 잃은 『샤를리 에브도』의 캐리커처
작가 볼랭스키와는 개인적으로 아는 사이였기 때문에
더더욱 그랬다. 언젠가 나는 그를 『리누스*Linus*』* 편
집진과 함께 바에서 만난 적이 있는데, 그때 그는 내
캐리커처를 그려 주기도 했다.)

아트 슈피겔만과 그의 무함마드 캐리커처로 다시
돌아가 보자. 나는 이번 사태와 관련해서 두 가지 권리
와 두 가지 의무가 있다고 생각한다. 프란치스코 교황
은 이런 말을 했다. 자신의 어머니가 모욕을 당하면 누
구든 주먹을 날릴 거라고. 많은 사람이 이 말을 듣고
무척 당혹스러워하고 불편해했을 것이다. 하지만 교
황이 말한 건 분명하다. 주먹은 날릴 수 있지만 죽여서

* 『샤를리 에브도』와 유사한 성격의 풍자만화 잡지. 『라 레푸블리카』신
문과 주간지 『레스프레소』가 공동으로 운영하는 잡지사다.

는 안 된다는 것이다. 십계명 중에 살인을 금하는 조항이 있다는 건 교황도 잘 안다. 그래서 테러리스트들의 행위를 당연히 비난했다. 아무렇지도 않게 사람 머리를 잘라 대는 IS와 함께 나치 파시즘의 새로운 형태를 구현하고 있는 테러리스트들의 행위를 말이다(이들을 나치즘의 새로운 형태로 부르는 이유는 그들이 인종주의와 모든 비신도의 몰살, 세계 정복의 야심을 표방하기 때문이다). 우리는 그 학살 행위를 정말 몹쓸 짓으로 탄핵해야 하고, 그에 반대하는 뜻을 내보이기 위해 거리로 나가야 한다. 표현의 자유와 언론의 자유는 우리가 포기할 수 없는 가치다.

그런데 표현의 자유는 우리와 생각이 다른 사람들에게도 보장되어야 한다(볼테르가 가르쳤다고 하듯이). 샤를리의 기자들이 이슬람 극단주의자들에게 끔찍한 보복을 당하지 않았다면, 그래서 학살 행위가 일어나지 않았다면 그 잡지사의 캐리커처를 비판할 권리는 누구에게나 있다. 무함마드의 캐리커처든 예수와 성모 마리아의 캐리커처든 말이다. 실제로 19세기에 레오 탁실이 퍼뜨린 캐리커처를 보면 비둘기를 임신한 마리아와 뿔 달린 요셉이 그려져 있다.

타인의 종교적 감정을 모욕하지 않는 것은 인간으로서 지켜야 할 윤리적 원칙이다. 그 때문에 집에서는 신을 모독하는 사람도 교회에서는 되도록 그런 말을 삼간다. 슈피겔만도 무함마드를 희화화한 캐리커처를 그리지 말았어야 했다. 보복의 위험 때문이 아니라 그 자체가 〈무례한〉(이런 예의 바른 표현을 쓰는 걸 고깝게 생각하는 사람들이 있다면 미안하다) 일이기 때문이다. 성모 마리아도 희화화해서는 안 된다. 물론 그런다고 가톨릭교도가 그 당사자를 죽이지는 않겠지만. 인터넷을 샅샅이 검색해 본 결과, 『뉴 스테이츠먼』의 검열에 항의하는 사람들 가운데 슈피겔만의 그림을 복제해서 퍼뜨린 이는 없다는 사실을 발견했다. 왜 그랬을까? 타인의 종교에 대한 존중에서? 아니면 보복에 대한 두려움에서?

샤를리 사태에는 두 가지 기본 원칙이 있었다. 그런데 이슬람 쪽에서 끔찍한 테러를 저지르는 바람에 둘의 구분이 어려워졌다. 그래서 〈내가 샤를리다!〉라고 말함으로써 무례한 표현조차 그 자유를 지켜야 한다는 목소리만 높아졌다. 그러나 내가 만일 샤를리였다면 무슬림의 감정을 조롱하면서 고소해하거나 재미있어하지는 않았을 것이다. 그건 기독교인에 대해서도 마찬가지고, 불교도에 대해서도 마찬가지다.

가톨릭 신자들이 성모 마리아를 모독한 사람에게 격분한다면 그건 충분히 이해할 수 있다. 그래서 기껏해야 성육신(成肉身) 이론의 문제점을 지적하는 사려 깊은 역사적 논문만 쓰고 말 것이다. 하지만 가톨릭 신자들이 성모 마리아를 모독한 사람을 쏘아 죽인다면 우리는 모든 수단을 동원해서 그 사람과 맞서 싸울 것이다.

갖가지 종류의 나치와 반유대주의자들은 〈추악한 유대인〉이라는 악의적인 캐리커처를 널리 퍼뜨렸다. 최근의 서방 문화는 그런 모욕적인 표현들까지 의사 표현의 자유라는 이름으로 용인한다. 하지만 선동자들이 캐리커처에 그치지 않고 학살 행위로 넘어가는 순간 사람들은 그에 반대해서 일어난다. 다시 말해, 19세기에 프랑스 언론인 에두아르 드뤼몽도 반유대주의를 극단적으로 표현할 자유를 존중받았지만, 나치 범죄자들은 뉘른베르크에서 단죄되었다.

2015년 6월 12일

5부

철학과 종교 사이

사랑과 증오

최근에 나는 인종주의와 적의 생산, 적이나 타인을 향한 증오의 정치적 기능에 관한 글을 썼다. 거기다 안 쓴 것은 없다고 생각했는데, 얼마 전 친구 토마스 슈타우더와 토론하던 중에 뭔가 새로운 논점, 어쨌든 나한테는 새로운 논점이 추가되었다. 보통 시간이 지나면 이 말은 누가 했고 저 말은 누가 했는지 더는 정확히 기억나지 않지만 결론 면에서는 의견이 일치한 그런 대화 자리였다.

우리 인간은 소크라테스 철학 이전의 가벼움으로 사랑과 증오를 대칭적 대립으로 이해하려는 경향이 있다. 마치 사랑하지 않는 것은 증오이고, 반대로 증오하지 않는 것은 사랑이라는 식이다. 그러나 이 양극 사이에는 수많은 중간 단계가 아주 명확한 형태로 존재한다. 그건 두 개념을 다음의 전이된 의미로 사용할 때도 마찬가지다. 나는 피자를 아주 좋아하지만 스시는 그렇게 환장하지 않는다. 이 말은 내가 스시를 싫어한다는 뜻이 아니라 피자만큼 좋아하지는 않는다는 뜻이다. 두 개념을 본래 의미로 사용하면, 내가 어떤 한 사람을 사랑한다는 것은 나머지 사람을 모두 증오한다는 뜻이 아니다. 사랑의 반대 짝으로는 무관심도 퍽 잘 어울릴 듯하다. 예를 들어 나는 내 아이들을 사랑하지만, 그전에 나를 집에 태워다 준 택시 운전사에게는 무관심하다.

그런데 진실을 말하자면, 사랑은 자기만의 울타리를 공고하게 친다. 한 여자를 미친 듯이 사랑할 때 나는 상대방도 오직 나만을 사랑하고, 다른 사람을 최소한 나만큼은 사랑하지 말았으면 하고 기대한다. 엄마들 역시 자식을 격정적으로 사랑하는 동시에 아이들도 자신에게 그런 각별한 사랑을 돌려주기를 바란다. 이 세상에 엄마는 오직 한 사람뿐이니 말이다. 게다가 남의 자식들에게 그렇게 큰 사랑을 똑같이 느끼는 일은 결코 없다. 그렇다면 사랑은 그 고유의 방식으로 대상을 소유하려 하고, 이기적이고 선택적이다.

사랑의 계명은 우리에게 이웃을 우리 자신처럼 사랑하라고 요구한다. 그렇다면 우리는 지구의 나머지 60억 명을 우리 자신처럼 사랑해야 한다. 불가능한 일이다. 실제로 이 계명이 우리에게 권하는 것은 누구도 증오하지 말라는 것이다. 일면식도 없는 에스키모를 우리 아버지나 아들과 똑같이 사랑할 수는 없다. 내 사랑은 지금도 그렇고 앞으로도 바다표범 사냥꾼들보다 내 손자들에게 향할 것이다. 나는 전혀 모르는 사이지만 어느 중국인이 세상을 떠났다는 소식을 들으면 그 죽음에 무감각하지 않는 것이 내 정서에 유익함을 알고 있음에도 그의 죽음보다는 내 할머니의 죽음에 훨씬 더 큰 충격을 받을 수밖에 없다.

반면에 증오는 집단적으로 나타날 때가 많다. 특히 전체주의 체제에서는 더욱 그렇다. 파시즘 시절의 학교는 어린 우리에게 영국의 〈모든〉 아들들을 증오하라고 가르쳤고, 국영 라디오 방송국 사장 마리오 아펠리우스는 매일 저녁 〈신이여, 영국인들에게 저주를 내리소서!〉라는 말을 반복해서 방송으로 내보내게 했다. 이렇듯 독재 체제와 포퓰리즘은 대중에게 증오를 요구한다. 심지어 사랑을 표방하는 종교도 근본주의에 빠지면 증오를 부추길 때가 많다. 적에 대한 증오는 국민과 신도를 하나로 묶어 동일한 불꽃으로 활활 타오르게 하기 때문이다. 사랑은 몇몇 사람을 향해서만 내 가슴을 따뜻하게 하지만, 증오는 수백만 명의 사람이나 한 국가, 한 인종, 다른 피부색이나 다른 말을 쓰는 인간 집단들을 향해 나와 내 이웃의 가슴을 분노의 불꽃으로 뜨겁게 한다. 이탈리아 인종주의자들은 모든 알바니아 사람과 루마니아 사람, 또는 집시와 롬족을 증오한다. 북부 동맹의 공동 설립자 움베르토 보시도 남부 이탈리아인들을 증오한다. 그건 그의 연금이 남부 이탈리아인들의 세금으로도 지급된다는 점을 감안하면 모욕과 조롱이 뒤섞인 비열함의 극치다. 베를루스코니는 모든 판사와 공산주의자를 증오하고, 우리에게도 그렇게 할 것을 요구한다. 어떤 대가를 치르더라도.

따라서 증오는 개인적인 차원이 아니라 범위가 넓고 많은 사람에게 해당된다. 또한 단 하나의 불꽃으로 거대한 군중을 껴안는다. 소설에서는 사랑으로 죽는 것이 얼마나 아름다운지 이야기하지만, 신문에서는 (최소한 내 어릴 적 신문에서는) 증오하는 적에게 폭탄을 던짐으로써 사지로 뛰어든 영웅의 죽음이 얼마나 황홀한지 묘사되곤 했다.

이것이 바로 우리 인류의 역사가 예부터 증오와 전쟁, 학살로 점철된 이유이다. 거기엔 사랑이 끼어들 자리가 별로 없다. 사랑의 행위가 우리에게 내재된 견고한 이기주의의 좁은 울타리를 뛰어넘고 나오려면 정말 불편하고 힘든 점이 많기 때문이다. 증오의 환희에 대한 우리의 본능은 각 나라의 지도자들이 국민을 그리로 몰아가기 무척 쉬울 정도로 자연스럽다. 반면에 인간을 보편적 사랑으로 이끄는 것은 나병 환자에게 입을 맞추라는 끔찍한 요구처럼 우리 체질에서 벗어나는 일이다.

2011년 10월 28일

죽음은 어디에 있을까?

프랑스 『마가진 리테레르*Magazine Littéraire*』 11월 호는 〈문학이 죽음에 대해 아는 것〉이라는 주제를 집 중 조명했다. 나는 흥미로운 마음으로 여러 기고문을 읽어 보았으나 실망하고 말았다. 개중에는 내가 모르 던 것도 있었지만, 결국엔 나 역시 잘 아는 한 가지 사 실만 밥상의 주메뉴로 차려져 있었다. 즉, 문학은 예부 터 쭉 죽음을 다루어 왔다는 것이다(당연히 사랑과 함 께). 이 잡지에 실린 기고문들은 지난 세기의 문학뿐 아니라 낭만주의 이전 고딕 시대의 문학에 담긴 죽음 의 현존을 섬세한 감각으로 다루었다. 하지만 헥토르 의 죽음과 안드로마케의 애도, 또는 중세의 수많은 텍 스트에 묘사된 순교자들의 수난사도 함께 얘기했어야 했다. 그뿐이 아니다. 철학사가 삼단 논법의 첫 번째 전제로 〈모든 인간은 죽는다〉라는 지극히 보편적인 예를 들었다는 사실도 거론했어야 했다.

내가 볼 때 문제는 다른 데 있는 것 같다. 그것은 오늘날 사람들이 책을 별로 읽지 않는 것과 관련이 있는 듯하다. 요즘 사람들은 죽음과 함께 살아가는 법을 잊었다. 종교와 신화, 옛 관습은 우리를 죽음과 친숙하게 만들었다. 물론 그래도 죽음은 늘 두려움의 대상이었다. 장엄한 장례식과 비통하게 울부짖는 여인들, 그리고 장례 미사는 죽음을 익숙한 것으로 받아들이게 했고, 지옥의 설교는 우리에게 죽음을 준비하게 했다. 심지어 어른들은 내가 아직 어린 나이임에도 돈 보스코의 『사려 깊은 소년 *Il giovane provveduto*』 가운데 죽음에 관한 부분을 읽으라고 했다. 돈 보스코는 아이들을 자유롭게 뛰놀게 한 유쾌한 신부였을 뿐 아니라 강렬한 예지력의 소유자였다. 그는 죽음이 언제 어디서 갑자기 우리에게 닥칠지 모른다는 점을 상기시켰다. 우리는 잠을 자다가, 일을 하다가, 길을 가다가도 죽을 수 있고, 혈관 파열이나 카타르, 객혈, 열병, 상처, 지진, 번개 등으로 언제든 불시에 죽음을 맞을 수도 있다고 했다. 심지어 〈죽음에 관한 그 대목을 읽은 직후에도 가능한 일〉이라고 했다. 그 순간 우리는 머릿속이 캄캄해지고, 눈이 따가워지고, 입이 마르고, 목구멍이 막히고, 가슴이 답답해지고, 피가 얼어붙고, 몸에 힘이 빠지고, 심장에 구멍이 뚫리는 것 같은 느낌을 받았다. 그렇다면 좋은 죽음을 맞이할 연습이 필요했다.

뻣뻣한 내 다리가 이승의 삶이 끝나고 있음을 알리면 (……) 감각 없이 파르르 떨리는 내 두 손이 당신을, 그러니까 선한 십자가를 더는 굳게 잡지 못하고 내 의지와는 상관없이 고통의 침상 위로 떨어지면 (……) 가까워진 죽음의 공포로 한껏 커진 내 흐릿한 두 눈이 (……) 내 창백해진 두 뺨이 주위에 서 있는 사람들에게 연민과 두려움을 자아내면, 죽음의 땀으로 흠뻑 젖은 머리카락이 임박한 죽음을 알리기 위해 곤두서면 (……) 소름 끼치는 귀신들이 불러일으키는 환영이 나를 죽음의 나락으로 밀어넣으면 (……) 감각이 내게서 모두 사라지면 자비로운 주여, 나를 긍휼히 여기소서!

혹자는 이걸 보고 사디즘이라고 할지 모른다. 하지

만 오늘날 우리는 죽음에 관해 사람들에게 무엇을 가르치고 있는가? 죽음은 우리와 동떨어진 병원에서 일어나는 일이고, 이제는 공동묘지까지 운구 행렬을 따라갈 필요가 없으며, 우리는 죽은 사람들을 주변에서 더는 보지 못한다고 가르치지 않는가? 뭐? 죽은 사람들을 더는 보지 못한다고? 아니다, 우리는 그들을 끊임없이 본다. 누군가는 택시 유리창에 부딪혀 머리가 박살 나고, 누군가는 공중으로 날아가고, 누군가는 발에 돌덩이를 매단 채 바다에 빠지고, 누군가는 도로에서 몸이 으깨지고, 누군가는 머리통이 길바닥에 나뒹군다. 그러나 그들은 우리가 아니다. 우리가 사랑하는 이도 아니다. 그저 TV나 영화 속 배우일 뿐이다. 심지어 죽음은 우리 집에서도 구경거리가 되고 있다. 강간 살해된 소녀나 연쇄 살인범의 희생자들을 보도하는 언론을 통해서 말이다. 물론 그렇다고 피 흘리는 시체가 직접 나오지는 않는다. 그건 우리에게 직접적으로 죽음을 상기시키기 때문이다. 대신 사건 현장에 꽃을 갖다 놓으면서 눈물짓는 친구들만 보여 줄 뿐이다. 그러고는 훨씬 더 고약한 사디즘적 성향으로 피해자 어머니를 찾아가 이렇게 묻는다. 〈따님이 살해당했다는 소식을 들었을 때 심정이 어떠셨습니까?〉 이로써 그들은 죽음을 보여 주는 것이 아니라 어머니의 고통이나 벗들의 슬픔을 연출할 따름이다.

이렇듯 죽음을 우리의 직접적인 경험 영역에서 몰아내면 훗날 때가 되어 죽음 앞에 섰을 때 우리는 더한 층 겁을 먹고 뒤로 물러나게 된다. 죽음은 태어날 때부터 원래 우리 삶의 일부였고, 현자는 평생을 죽음과 함께 살아간다.

2012년 11월 29일

우리의 파리

파리 학살의 날, 나는 다른 많은 사람과 마찬가지로 텔레비전 앞을 떠나지 못했다. 파리 지리를 잘 알고 있는 나로서는 동시다발 테러가 정확히 어디서 일어났는지 알아보려 했고, 혹시 근처에 내 친구들이 살지는 않는지, 사건 현장에서 내 책을 출간한 출판사나 내가 자주 가는 레스토랑까지는 얼마나 떨어져 있는지 따져 보았다. 나는 테러가 먼 곳에서 발생했다는 사실에 안도했다. 나와 개인적으로 관련이 있는 파리 지역은 대부분 센강 왼쪽 강변에 있었는데, 테러는 모두 센강 오른쪽 강변 지역에서 일어났다.

이 사실이 경악과 공포를 조금도 덜어 주지는 못했지만, 방금 어디선가 추락한 비행기에 운 좋게 타지 않았다는 사실을 확인한 듯한 기분이 드는 건 어쩔 수 없었다. 물론 그날 밤까지만 해도 그런 일이 우리가 사는 곳에서도 일어날 수 있다는 생각은 하지 못했다. 그건 분명 비극이었다. 누구를 위해 종이 울렸는지는 물을 필요가 없었지만, 어쨌든 그건 여전히 타인의 비극이었다.

그런데 테러 현장인 극장 〈바타클랑〉이라는 이름을 어디선가 들어 본 것 같다는 생각이 드는 순간 막연한 불안감이 일었다. 드디어 생각이 났다. 10년 전쯤 내 소설 중 하나가 잔니 코시아와 레나토 셸라니의 아름다운 음악과 함께 상연된 곳이었다. 그렇다면 나도 거기에 있었고, 다시 갈 수도 있는 곳이었다. 그러고 나자, 아니 그 생각과 거의 동시에 나는 리샤르 르누아르 대로변의 그 주소를 알아보았다. 매그레*가 살았던 곳이었다.

혹자는 그렇게 끔찍한 〈실제〉 사건에 허구의 인물을 개입시켜서는 안 된다고 말할지 모른다. 하지만 허구의 인물도 파리의 세계에 속하고, 바로 그 점이 세계의 다른 도시들에서 그보다 훨씬 더 끔찍한 학살이 일어나는데도 왜 유독 파리 학살이 우리 모두에게 그렇게 큰 충격으로 다가오는지 설명해 준다. 파리는 우리

* 프랑스 작가 조르주 심농의 추리 소설에 나오는 주인공.

같은 사람들에겐 정신적 고향이나 다름없다. 왜냐하면 파리는 실제 도시건 허구의 도시건 둘 다 우리의 일부이거나 우리가 살았던 곳처럼 느껴질 정도로 우리 기억 속에 하나로 녹아 있기 때문이다.

〈카페 드 플로르〉처럼 실제로 존재하는 파리의 세계가 있다.* 또한 앙리 4세와 그를 암살한 라바이야크의 파리도 있고, 단두대의 이슬로 사라진 루이 16세의 파리, 오르시니가 나폴레옹 3세 암살을 시도한 파리도 있으며, 1944년 르클레르 장군의 부대가 입성한 파리도 있다. 그런데 솔직히 말하자면 우리는 이런 사실들조차 (우리가 직접 겪은 일이 아니므로) 소설과 영화에서 묘사된 것을 더 많이 떠올린다.

우리는 해방된 파리를 「파리는 불타고 있는가?」라는 영화에서 보았고, 그 이전의 파리는 「인생유전」에서 보았다. 실제로 밤에 보주 광장에 가면 우리는 스크린으로 이 광장을 볼 때 자주 느꼈던 전율을 다시 느끼게 된다. 또한 실제로는 전혀 모르는 사이임에도 에디트 피아프의 세계를 직접 경험하는 것 같고, 이브 몽탕이 그렇게 아름다운 노래로 들려주던 르피크 거리가

* 영화 「카페 드 플로르」도 있다.

한층 더 실감 나게 다가오는 것 같기도 하다.

센강을 따라 걷다가 헌책방 앞에 멈춰 서는 건 현실에서 일어나는 일이지만, 여기서도 우리는 예전에 책에서 읽었던 수많은 낭만적 산책을 함께 즐길 수 있다. 또한 멀리서 노트르담 성당을 바라볼 때면 자연스레 콰지모도와 에스메랄다가 떠오른다. 파리에 대한 우리의 기억 속에는 많은 것이 있다. 맨발의 카르멜회 수도원에서 펼쳐진 삼총사의 결투, 발자크의 연인들, 발자크의 작품에 나오는 뤼시앵 드 뤼벰프레와 라스티냐크, 모파상의 벨아미, 플로베르의 프레데리크 모로와 아르누 부인, 바리케이드에 올라선 위고의 가브로슈, 프루스트의 스완과 오데트 드 크레시……

〈실제〉 파리는 어쩌면 피카소와 모딜리아니 시대나 모리스 슈발리에 시대의 몽마르트르 언덕을 떠올리게 해주는 파리에 지나지 않는다. 우리의 머릿속 진짜 파리에서는 조지 거슈윈의 「파리의 미국인」과 그 음악을 바탕으로 제작된 진 켈리와 레슬리 캐론 주연의 잊지 못할 달콤한 동명의 뮤지컬 영화를 빼놓을 수 없고, 파리의 하수구로 도망치는 팡토마*도 잊을 수 없다. 또

* 피에르 수베스트르와 마르셀 알랭의 범죄 소설 시리즈 주인공.

한 앞서 언급한 매그레는 우리의 가슴속에 오르페브르 부두의 밤과 안개, 선술집의 풍경을 영원히 새겨 놓았다.

우리가 인생과 사회, 사랑과 죽음에 대해 알고 있는 많은 것들을 비록 상상 속 허구의 세계이지만 현실보다 더 진짜 같은 그 파리에서 배웠다는 사실은 인정하지 않을 수 없다. 그렇기에 그날의 테러는 우리 모두의 집, 그러니까 주소지 등록을 하지 않았어도 우리 가슴속에 살아 숨 쉬던 그 집에 대한 테러였다. 그럼에도 우리는 이 모든 기억에서 새삼 희망을 긷는다. 여전히 〈센강은 흐르고, 또 흐르고〉 있으니.

2015년 12월 1일

순록과 낙타

성탄절을 앞둔 요즘 성탄 구유에 대한 논쟁이 다시 뜨겁게 타올랐다. 한편에서는 몇몇 대형 마트가 더 이상 찾는 사람이 없다는 이유로 구유 재료 판매를 중단했다. 그러자 신앙심 깊은 많은 사람이 분노했다. 하지만 전통에 더는 관심이 없는 다른 신자들을 비난하는 대신 판매자들에게 비난의 화살을 돌렸다. (그것도 하필 그전에는 구유 제품을 판매한 적이 없는 한 대형 마트가 집중적으로 돌을 맞았다.) 다른 한편에서는 성탄 구유에 대한 거부감이 과도한 〈정치적 올바름〉에서 비롯되었다고 결론을 내리고, 그 예로 다른 종교를 믿는 학생들의 감정을 상하게 하지 않으려고 더는 성탄 구유를 만들지 않는 많은 학교를 제시했다.

이런 조치를 내린 학교가 설사 극소수라고 해도 별

로 좋은 징조로 보이지 않는다. 학교란 전통을 폐지하는 곳이 아니라 반대로 그 어떤 전통이라도 존중해야 하는 곳이기 때문이다. 다른 인종의 아이들이 평화롭게 함께 생활하기를 원한다면 학교는 각 집단의 아이들이 다른 집단의 전통을 이해할 수 있도록 도와야 한다. 따라서 성탄절이 되면 구유를 만들어야 하고, 다른 종교나 민족의 중요한 축제일에는 그들만의 상징을 만들고 제식을 치르게 해야 한다. 그래야 아이들은 각자 어떤 식으로건 다른 축제에 참여함으로써 서로 다른 전통과 신앙 형식의 다양성을 접하게 된다. 예를 들어 기독교 집안의 학생은 라마단이 무엇인지 배우고, 무슬림 집안의 학생은 예수의 탄생에 대해 뭔가 알게 되지 않겠는가!

나는 구유 인형이 더 이상 팔리지 않는다는 주장을 들으면서 그게 언론의 부풀리기라는 느낌을 받는다. 나폴리의 산그레고리오 아르메노 교회에서는 아직도 놀랄 정도로 아름다운 구유 인형들이 계속 판매되고 있고, 밀라노 리나센테 백화점 안의 구유 매장도 여전히 상품으로 가득 차 있다. 한 주간지가 정치인들을 상대로 설문 조사를 했는데, 놀랍게도 좌파 쪽으로 갈수록, 또는 반교회적 성향이 강할수록 성탄 구유를 더 좋아한다는 사실이 밝혀졌다. 그렇다면 무신론자들 사이에서는 구유가 인기 있는 상징으로 자리 잡은 반면에 착실하게 교회에 다니는 신자들은 진작 크리스마스트리로 돌아섰고, 아기 예수나 동방 박사 대신 산타클로스를 더 높이 평가하고 있다고 생각해도 무방할 듯하다. 우리 어렸을 때만 해도 동방 박사들은 선물을 가득 들고 있었고, 그래서 당시 우리는 장난감을 주려고 저 하늘에서 내려온 예수를 정말 반갑게 환영했는데 말이다.

그런데 문제는 한층 더 복잡하다. 사람들은 크리스마스트리와 산타클로스가 개신교의 전통이라고 생각한다. 하지만 그건 산타클로스가 가톨릭의 성자 바리의 니콜라우스로부터 유래했다는 사실을 간과한 것이다(좀 더 정확히 말하자면 소아시아 미라의 성 니콜라우스인데, 11세기에 그의 유해를 바리로 가져왔다고 해서 〈바리의 니콜라우스〉라 불린다). 물론 크리스마스트리로 쓰이는 상록수는 이교도의 유산이다. 그것은 기독교 이전의 동지 축제인 스칸디나비아의 율 축제와 관련이 있는데, 교회는 이교도의 전통과 축제를 흡수해서 가톨릭과 하나로 만들려고 의도적으로 그날을 크리스마스 축제로 정했다. 이 문제와 얽혀 있는 마지막 의미를 언급하자면, 소비 지상주의라는 새로운 이교는 크리스마스트리에서 성스러운 의미를 완전히 제거해 버렸고, 그로써 크리스마스트리는 도시의 거리를 화려하게 밝히는 축제 조명처럼 연말 분위기를 북돋우는 단순한 장식품으로 전락했다. 요즘은 아이들과 부모가 크리스마스트리에 알록달록한 장식을 매다는 것에 만족하지만, 나는 12월 초면 벌써 아버지가 시작하는 성탄 구유 만드는 일을 거들면서 더 큰 재미를 느꼈다. 게다가 구유 안에 숨겨진 분사 장치가 내뿜는 분수와 폭포 물은 구경하는 것 자체가 흥겨운 축제였다.

성탄 구유를 만드는 일은 점점 사라지고 있다. 품이 많이 들 뿐 아니라 나름의 창의력까지 요구되기 때문이다(사실 크리스마스트리는 모두 엇비슷하지만 구유는 항상 조금씩 다르다). 만일 구유 만드는 일로 매일 저녁을 보낸다면 가족의 결속에 너무나도 중요한 텔레비전 쇼를 놓칠 우려가 있고, 그게 아니더라도 요즘은 아이들이 벌거벗은 여자 몸과 부서진 머리통을 혼자 보게 해서는 안 된다는 게 가정의 철칙이나 다름 없다.

구유 만들기에 그렇게 열심이던 내 아버지가 사라 가트*에 가까운 사회주의자였고, 온건한 자유사상가 이자 반교회주의자였다는 점을 고려하면 구유의 사멸 은 무신론자들에게도 나쁜 일일 수밖에 없고, 아니 어 쩌면 바로 그들에게 더 나쁜 일이라고 말해야 될 듯하 다. 왜냐하면 구유를 발명하려면 무엇보다 새와 늑대 에게 말을 건네는 것에서 종교성의 본질을 찾은 성 프 란체스코 같은 인물이 필요하기 때문이다. 구유는 예 수의 탄생을 떠올리기 위해 인간이 고안한 것 중에서 가장 덜 초월적이면서 가장 인간적인 것이었다. 이 성 스러운 디오라마**에서는 그 별과 오두막 위를 나는 두 천사만 제외하면 신학적으로 해석될 만한 것은 아 무것도 없다. 배치된 사람이 많을수록 구유는 그만큼 더 많은 일상을 보여 주고, 그로써 아이들이 이전의 삶 을 이해하는 데 도움을 줄 뿐 아니라, 어쩌면 아직 오

* Giuseppe Saragat(1889~1988). 사회 민주주의 성향의 정치인. 반 파시스트로서 1926년부터 1943년까지 망명 생활을 했고, 1964년부터 1971년까지 이탈리아 대통령을 지냈다.
** 어떤 것을 배경으로 다양한 모형을 설치해서 하나의 장면을 표현 하는 것.

염되지 않은 자연에 대한 일말의 동경을 일깨워 줄지 모른다.

크리스마스트리의 세속적이고 소비 지상주의적 전통이 시대의 암흑 속에서 사라진 살짝 나치적인 미신을 떠올리게 한다면, 구유의 종교적 전통은 현실적이고 자연적인 환경을 찬양한다. 여기엔 언덕 위의 작은 집을 비롯해 양과 닭, 대장간, 목수, 물장수, 소, 당나귀, 그리고 낙타가 나온다. 크리스마스트리 밑에 온갖 비싼 선물을 갖다 놓는 사람이 천국에 들어가는 것보다 훨씬 쉽게 바늘귀를 빠져나갈 수 있다는 그 낙타 말이다.

2006년 12월 22일

쉿, 그런 이야기는 하지 않는 게······

　10년 전쯤의 일로 기억한다. 나는 어느 글에선가 유럽이 수십 년 안에 다양한 인종의 대륙으로 변하고, 그 과정에서 피와 땀과 눈물의 대가를 치를 거라고 썼다. 무슨 예언자연하려고 그런 말을 한 건 아니다. 나는 그저 역사로 자주 눈을 돌려 과거에 일어났던 일을 알면 앞으로 일어날 일도 알 수 있을 거라고 확신하는 건강한 상식을 가진 사람일 뿐이다. 지금의 테러 공격들을 굳이 목격할 필요도 없었고, 오늘날 사람들을 불안하게 하는 것이 무엇인지 굳이 알 필요도 없었다. 프랑스의 한 고등학교 교사는 이슬람에 대해 매우 비판적인 글을 썼다가 목숨이 위태로워지는 상황에까지 몰렸다. 베를린에서는 모차르트의 오페라 「이도메네오」 공연이 취소되었다. 예수와 부처뿐 아니라 심지어 무함마드까지 목이 잘린 채로 나오기 때문이다. 교황도 좀 더 조심해야 한다. 아무개 대학교수가 수업 시간에 하는 말과 모든 TV로 방송되는 그리스도 대리자의 연설에는 차이가 있음을 그 나이에는 당연히 알아야 하고, 그렇다면 좀 더 신중히 발언해야 했다.* (나는 새로운 종교 전쟁을 부추기려고 역사적 사실을 방패로 내세우는 사람들과는 별로 밥을 함께 먹고 싶은 생각이 없다.)

그 프랑스 교사와 관련해서 베르나르앙리 레비는 10월 4일 자 『코리에레 델라 세라』지에서 훌륭한 글을 썼다. 프랑스 교사의 의견에는 동의할 수 없지만 외부 압박에 시달리지 않으면서 종교 문제에 대해 자유롭게 발언할 권리는 보호되어야 한다는 것이다. 「이도메네오」 공연 취소와 관련해서도 세르조 로마노가 같은 신문에 의견을 실었는데, 나는 그 내용을 여기서 내 말로 재현해 보고자 한다. 이건 전적으로 내 표현이기에 세르조 로마노가 책임질 일은 없다. 머릿속에 새로움

* 베네딕토 16세가 2006년 9월 12일 레겐스부르크 대학교에서 연설하면서 비잔틴 황제 마누엘 2세 팔라이올로고스를 다음과 같이 인용한 것을 암시한다. 〈무함마드가 무슨 새로운 것을 가져왔는지 보여 보시오. 그가 가르친 것이라고는 자신의 종교를 칼로 전파하라는 것처럼 나쁘고 비인간적인 것밖에 없지 않소?〉

을 추구하려는 생각밖에 없는 연출자가 모차르트의 오페라를 연출하면서 모차르트는 꿈도 꾸지 못했을 몇몇 종교 설립자의 잘린 머리를 사용했다면 뭇매를 맞아도 할 말이 없다. 단, 비난은 미적인 영역과 문헌학적 고증의 차원으로 국한해야 한다. 오페라 「오이디푸스왕」에서 정장을 입은 배우들을 줄줄이 등장시킨 연출자들이 그런 욕을 먹는 것처럼 말이다. 하지만 같은 날 『라 레푸블리카』지에서 저명한 음악가 다니엘 바렌보임은 그런 연출을 감행하는 것이 모차르트의 작품을 제대로 구현한 것인지 의문이 든다고 하면서도 예술의 자유를 호소했다.

내 친구 다니엘도 동의하겠지만, 나는 수년 전 셰익스피어의 『베니스의 상인』이 비록 샤일록이라는 인물 속에 인간적 고뇌가 감동적으로 묘사되어 있음에도 당시 확산 일로에 있던 반유대주의가 표현되었다는 이유로(그것도 제프리 초서로까지 거슬러 올라가는 표현이다) 비판받거나 금지된 것을 아쉽게 생각한다. 그런데 오늘날 우리가 안고 있는 문제는 좀 다르다. 특정 주제를 언급하는 것에 대한 두려움, 즉 터부가 문제시되고 있다. 이런 식의 모든 터부는 그와 관련해서 펑

장히 예민하게 반응하는 이슬람 근본주의자들 때문에 생긴 것이 아니라 미국에서 넘어온 정치적 올바름의 이데올로기에서 비롯되었다. 이 이데올로기는 다른 모든 이들을 존중하자는 좋은 의도에서 출발했지만, 그사이 유대인과 무슬림, 장애인뿐 아니라 스코틀랜드인, 벨기에인, 제노바인, 근위대원, 소방대원, 환경미화원, 에스키모(이 사람들을 그런 식으로 불러서는 안 된다고 하는데, 만일 그들이 원하는 이름으로 부른다면 아무도 알아듣지 못할 것이다)에 대한 농담까지도 금기시해 버렸다.

　20년 전쯤 나는 뉴욕에서 학생들을 가르칠 기회가 있었는데, 그때 텍스트 분석법을 설명하려고 한 소설을 선택했다. 반드시 그 소설일 필요는 없는 우연에 가까운 선택이었다. 어쨌든 그 소설에서(딱 한 줄이다) 한 선원이 아주 속된 말로 창녀의 음부를 〈누구누구의 자비심만큼이나 아주 넓다〉고 표현했는데, 그 누구누구의 자리에는 어떤 신의 이름이 적혀 있었다. 강의가 끝나고 무슬림이 분명한 한 학생이 내게 다가오더니 어째서 자신의 종교를 존중하지 않느냐며 따졌다. 나는 그저 타인의 상스러운 표현을 인용했을 뿐이라고 답하면서도 마음이 상했다면 미안하다고 사과했다. 그런데 다음 날 나는 같은 강의 시간에 기독교 세계에서 매우 명망 높은 한 인물을 좀 무례하면서도 재미있는 표현으로 비꼬았다. 다들 웃음을 터뜨렸고, 어제의 그 학생도 함께 웃었다. 나는 강의가 끝난 뒤 그 학생의 팔을 붙잡고는 왜 **내** 종교는 존중하지 않았느냐고 물었다. 그러고는 장난기 어린 비꼼과 신 이름의 쓸데없는 거론, 신을 모독하는 말의 차이를 설명하면서 그 청년을 좀 더 큰 관용의 세계로 인도하고자 했다. 학생은 사과했고, 나는 그가 내 뜻을 이해했다고 생각했다. 물론 가톨릭 세계, 특히 이탈리아 가톨릭 세계의 지극한 관용을 온전히 이해하지는 못했을 것이다. 생각해 보라. 독실한 신자가 입에 담지 못할 수식어를 최고 절대자에게도 자유롭게 붙일 수 있는 관용의 〈문화〉 속에 산다면 다른 일에 분노할 사람이 어디 있겠는가?

물론 모든 교육 과정이 그 학생과 나의 사례처럼 그렇게 평화롭고 교양 있게 진행되지는 않는다. 차라리 말을 하지 않는 편이 나을 수도 있다. 다만 어떤 잘못된 말로 해를 입을지 모른다는 두려움 때문에 학자와 선생들이 예를 들어 아랍의 철학자를 아예 끌어들일 생각조차 하지 않는다면, 그런 문화는 장차 어디로 가겠는가? 아마 기억의 말살, 즉 침묵을 통해 존경할 만한 다른 문화의 소멸에 이르게 될 것이다. 문화 간의 소통과 이해에 전혀 도움이 안 되는 일이다.

2006년 10월 19일

동방 박사, 대체 그들은 누구인가?

요사이 나는 우연히 두 가지 에피소드를 듣게 되었다. 하나는 그림이 빼곡한 미술책을 무척 흥미롭게 뒤적이는 열다섯 살 소녀 이야기였고, 다른 하나는 감격한 표정으로 루브르 박물관을 돌아다닌 두 명의 열다섯 살짜리 청소년 이야기였다. 셋 다 지극히 세속적인 나라와 무신론적 가정에서 나고 자란 아이들이었다. 그러다 보니 제리코의 「메두사호의 뗏목」이라는 그림을 보면서 난파한 몇몇 굶주린 사람들이 뗏목을 타고 표류하는 것을 알게 되거나, 브레라 미술관에 있는 프란체스코 아예츠의 「입맞춤」에 그려진 두 사람이 연인이라는 사실을 알게 되기는 했으나, 프라 안젤리코가 왜 날개 달린 천사와 한 여자의 대화 장면을 그렸는지, 또는 옷차림이 엉망이 된 한 남자가 왜 무거운 석

판 두 개를 들고 머리의 뿔에서 불꽃을 튀기며 산을 내려오는지 그 맥락은 알지 못했다.

물론 이 아이들도 예수의 탄생이나 십자가에 못 박힌 모습은 벌써 여러 번 본 적이 있기에 금방 알아본다. 하지만 구유 그림에서 망토를 걸치고 왕관을 쓴 세 남자가 등장하면 도대체 이 사람들이 누구이고, 어디서 왔는지 영문을 모른다.

서양 미술의 약 4분의 3은 구약과 신약뿐 아니라 성담을 모르면 이해하기 어렵다. 눈알이 담긴 접시를 들고 있는 여인은 누구일까? 좀비 영화 「살아 있는 시체들의 밤」에 나오는 인물일까? 망토를 자르는 기사는 반(反)아르마니 캠페인을 하는 것일까?

많은 문화권의 아이들이 학교에서 헥토르의 죽음에 대해서는 배우지만 성 세바스티아누스에 대해서는 배우지 않고, 카드모스와 하르모니아의 결혼에 대해서는 소상히 알지만 가나의 결혼식*에 대해서는 아는 것이 없다. 몇몇 나라에서는 성서를 읽는 전통이 여전히 강하게 남아 있다. 그런 나라의 아이들은 황금 송아지

---

* 예수가 가나의 결혼식에서 물을 포도주로 바꾼 기적 이야기. 베네치아 화파의 대가 베로네세가 그린 작품으로도 유명하다.

에 대해서는 잘 알지만, 성 프란체스코의 늑대에 대해서는 전혀 모른다. 다른 나라에도 예수의 십자가 행로를 묘사한 그림은 수없이 많지만, 그런 나라의 사람들도 「요한 계시록」에 나오는 〈태양을 옷으로 입은 여인〉에 대해서는 전혀 모른다.

하지만 가장 심각한 건 서구 사회의 시민들(열다섯 살짜리 아이들만의 얘기가 아니다)이 다른 문화를 접할 때이다. 그런 일은 외국을 여행할 때 자주 일어난다. 심지어 현재 우리 주변에 그곳 출신 사람들이 정착해서 살아가고 있는데도 말이다. 서양인들이 아프리카의 민속 가면을 보면서 당혹스러운 표정을 짓거나, 봉와직염으로 고통받는 부처를 보면서 웃음을 터뜨리는 걸 말하는 게 아니다(말이 나온 김에 덧붙이자면, 이 사람들도 질문을 받으면 무함마드가 무슬림들의 신인 것처럼 부처도 인도인들의 신이라고 한 치의 망설임 없이 대답한다). 다만 우리 이웃들은 체르토사 별장에서 일어난 일*을 묘사하려고 공산주의자들이 인도 신전 외벽의 야한 조각상을 만들었다고 생각하

---

* 사르디니아에 있는 베를루스코니의 별장에서 벌어진 붕가 붕가 파티와 그 유사한 일들을 가리킨다.

길 좋아한다. 그러면서도 인도인들이 코끼리 얼굴을 하고 가부좌를 틀고 있는 남자를 숭배하는 것을 보면 고개를 절레절레 흔든다. 기독교에서는 비둘기가 신적인 형상으로 그려지기도 한다는 사실을 까맣게 잊은 채로 말이다.

그 때문에 모든 종교적 신념을 떠나 지극히 세속적인 관점에서도 아이들이 학교에서 다양한 종교의 근본이념과 전통을 배울 필요가 있다. 그럴 필요가 없다고 생각하는 것은 유피테르와 미네르바, 또는 제우스와 헤라라는 인물이 그저 피레아스에 사는 노파들을 위해 꾸며 낸 이야기에 지나지 않는다는 이유로 아이들에게 그런 신화적 존재들에 대해 더는 가르칠 필요가 없다고 말하는 것이나 다름없다.

종교 수업 시간에 단 하나의 종교만 가르치는 것, 예를 들어 이탈리아에서는 가톨릭만 가르치는 건 문화적 측면에서 위험한 일이다. 이유는 분명하다. 한편으론 종교가 없는 일부 학생이나 무신론자의 아이들이 종교 수업을 듣지 않아 최소한의 문화적 지식조차 습득할 수 없는 상황이 생기고, 다른 한편으론 다른 종교적 전통들을 접할 기회가 아예 사라지기 때문이다. 물론 가톨릭 종교 수업도 인간의 윤리적 삶을 비롯해 이웃에 대한 의무나 신앙에 대한 보편적 토론으로 이어질 수 있지만, 그럼에도 회개하는 막달레나와 포르나리나*를 구별 짓는 요소들은 소홀히 취급할 수 있다.

사실 우리 세대 사람들은 호메로스를 잘 안다. 반면에 모세 5경은 전혀 배우지 않았고, 고등학교에 올라가서도 미술사 수업은 제대로 받지 못했다. 또한 부르치엘로에 대해선 정말 상세히 배웠지만, 셰익스피어에 대해선 배운 게 전혀 없다. 그럼에도 우리는 학교에서 배우지 않은 것들을 어떻게든 다른 데서 알아 나갔다. 그런 것들과 관련해서 우리 주변에 자극과 정보가 있었기 때문이다. 반면에 서두에서 언급한, 동방 박사가 누군지 모르는 그 세 아이를 보고 있노라면 그들 주위엔 쓸데없는 정보만 넘쳐 날 뿐 유익한 정보는 점점 사라지고 있는 게 아닌지 염려가 된다.

부디 세 동방 박사께서 그 여섯 개의 거룩한 손으로 우리 아이들을 보호해 주시길 소망할 뿐이다.

2009년 11월 26일

---

* 〈빵집 아가씨〉라는 뜻으로, 라파엘로가 선호한 모델(그의 애인이었을 수도 있다) 마르게리타 루티의 별명이다.

6부

글을 쓰고 읽는 것에 대하여

아름다운 필체에 대한 단상

열흘 전 마리아 노벨라 데 루카와 스테파노 바르테차기는 『라 레푸블리카』세 면을 통째로 할애해 캘리그래피의 몰락 현상을 집중 조명했다(종이 신문에만 실린 것은 아쉬운 일이다). 알다시피 오늘날 우리 아이들은 컴퓨터로 글을 쓰거나 문자 메시지를 보내는 데만 익숙해서 손 글씨는 인쇄체로 쓰는 것도 상당히 어려워한다. 어떤 교사는 한 인터뷰에서 아이들이 맞춤법을 무척 많이 틀린다고 했지만, 내가 볼 때 그건 별개의 문제로 보인다. 의사들은 맞춤법 규칙을 잘 알아도 글씨는 형편없고, 캘리그래피 자격증이 있는 사람도 〈*taccuino*〉가 맞는지 아니면 〈*tacquino*〉나 〈*taqquino*〉가 맞는지 모를 수 있다.*

* *taccuino*. 수첩, 공책을 뜻하는 이탈리아 단어.

사실 나는 좋은 학교에 다니고 글씨도 상당히 잘 쓰는(그것도 필기체로) 아이들을 알고 있지만, 서두에서 언급한 기사에 따르면 우리 아이들의 50퍼센트는 그렇지 않다고 한다. 그렇다면 나는 운 좋게 다른 50퍼센트의 학생들하고만 교류해 왔다고 할 수 있다(그런 점은 정치 면에서도 마찬가지다).

문제는 이런 비극이 컴퓨터와 스마트폰 시대 훨씬 이전부터 시작되었다는 데 있다. 내 부모는 살짝 옆으로 기울어진 필체로 글을 썼다(그래서 종이도 약간 삐딱하게 놓았다). 그렇게 쓴 편지는 최소한 오늘날의 수준에서 보면 작은 예술 작품이라 할 수 있었다. 물론 필체가 좋은 사람은 머리가 나쁘다는 통념이 세간에 널리 퍼져 있고(이건 분명 필체가 아주 나쁜 사람들이 지어낸 이야기일 것이다), 또 필적이 좋다는 것이 반드시 지적인 사람을 가리키는 것은 아니라고 하더라도 대체로 보면 훌륭한 필체의 편지나 서류를 읽는 것은 퍽 기분 좋은 일이다.

내 세대도 글씨를 잘 쓰는 교육을 받았다. 초등학교에 입학하면 처음 몇 달 동안은 공책에 기준선을 그어 놓고 거기에 맞춰 알파벳을 썼다. 나중에는 지겹고 강압적이라고 느껴진 연습이었지만 어쨌든 그 덕분에 우리는 손을 안정적으로 유지한 채 앙증맞은 페리 펜촉으로 알파벳을 그릴 수 있었다. 한쪽 면은 굵고 불룩하고, 다른 쪽 면은 얇고 가느다란 펜이었다. 하지만 그런 펜으로 글을 쓰는 게 항상 성공하지는 못했다. 잉크 때문에 걸핏하면 책상과 공책, 손가락, 옷이 더러워졌고 잉크병에 조심스럽게 펜촉을 넣었다 꺼내면 끈적끈적한 침전물이 약간 묻어서 나올 때가 많았기 때문이다. 그러면 주변에 잉크를 묻히더라도 펜촉을 이리 뒤틀고 저리 문질러서 침전물을 떼어 내기까지는 10분이 걸리기도 했다.

위기는 전쟁 후 볼펜의 등장과 함께 시작되었다. 초창기에 나온 볼펜도 주변을 심하게 더럽혔고, 글자를 쓴 뒤에 혹시 실수로 마지막 글자를 손가락으로 스치기라도 하면 모든 글자가 뭉개져 버렸다. 하지만 위기는 그것 때문만이 아니었다. 그보다는 오히려 볼펜이라는 새로운 기술의 발달과 함께 글씨를 잘 쓰려는 의지 자체가 없어진 것이다. 아무리 깨끗하게 써도 볼펜으로 쓴 글씨체에는 영혼이 없었고, 자기만의 스타일이나 개성도 없었다.

그렇다면 우리는 왜 오늘날 아름다운 필체가 점점 사라지는 것을 아쉬워할까? 자판으로 빠르고 정확하게 글을 쓰는 건 신속한 생각을 기르는 데 유익하다. 이때 컴퓨터에 혹시 단어를 잘못 쓰기라도 하면 자동으로 빨간 줄이 쳐지면서 오류를 알려 준다(물론 컴퓨터가 항상 제대로 하는 건 아니다). 요즘 젊은이들은 스마트폰을 쓰면서 줄임말을 사용하는 일이 허다하다. 예를 들어 영어에서는 〈to〉와 〈for〉를 숫자 〈2〉와 〈4〉로 표기하고, 이탈리아어에서는 〈Ti sei perduto(길을 잃었니)?〉를 〈T 6 xduto?〉라고 쓴다. 이런 것들을 보고 기성세대가 푸념한다면 그건 우리 선조들도 오늘날 우리가 쓰는 많은 단어를 보면 경악하리라는 사실을 잊고 있는 것이다. 가령 우리는 〈gioja〉를 〈gioia〉라고 쓰고, 〈io aveva〉를 〈io avevo〉라고 쓴다. 중세 사람들도 마찬가지다. 만일 중세 신학자들이 〈respondeo dicendum quod(이상의 것에 나는 다음과 같이 답한다)〉라고 쓴 것을 보면 키케로 같은 사람은 아마 기가 막혔을 것이다.

　글자를 아름답게 쓰는 일은 손의 움직임을 통제하고, 손과 뇌의 상호작용을 북돋운다. 바르테차기는 손으로 글을 쓰려면 먼저 머릿속으로 문장을 만들어야 한다는 점을 상기시킨다. 또한 손 글씨를 쓰면 펜과 종이의 저항 때문에 심사숙고하면서 천천히 쓸 수밖에 없다. 평소에는 컴퓨터로 작업하는 많은 저술가도 차분하게 숙고할 일이 있으면 고대 수메르인처럼 점토판에 쐐기로 글자를 한 자 한 자 새기듯이 쓰는 게 훨씬 낫다는 걸 잘 안다.

우리 아이들은 앞으로 컴퓨터와 스마트폰으로 글을 쓰는 일이 점점 많아질 것이다. 하지만 인류는 그사이 진보의 과정에서 필연적으로 없어질 수밖에 없었던 것을 스포츠나 예술적인 즐거움의 형태로 되찾아 오는 법을 배웠다. 이제는 말을 타고 이동할 필요가 없는 시대임에도 사람들은 승마장으로 말을 타러 간다. 비행기가 있음에도 많은 사람이 3천 년 전 페니키아인들처럼 범선 항해를 즐기고, 터널과 철도가 있음에도 알프스산맥의 고갯길로 트래킹을 떠나고, 이메일로 모든 소식을 주고받는 시대임에도 우표를 수집한다. 또한 한편에서는 칼라시니코프 자동 소총을 들고 전쟁에 나가지만, 다른 한편에서는 소박한 칼을 들고 승부를 겨루는 평화로운 펜싱 대회가 열린다.

부모들이 자녀들을 캘리그래피 학교에 보내고, 관련 대회에 나가도록 격려하는 건 환영할 일이다. 그건 단순히 예쁜 글씨를 쓰는 데만 좋은 게 아니라 정신 건강에도 좋다. 그런 학교는 이미 존재한다. 인터넷에서 〈캘리그래피 학교〉만 쳐보면 알 수 있다. 어쩌면 불안정한 고용 상태에 있는 사람에게는 좋은 사업 아이템이 될지 모른다.

2009년 8월 7일

페스티벌에서 서로 얼굴을 본다는 것

  이 짧은 가을 곳곳에서 문학과 철학 페스티벌이 우후죽순처럼 열리고 있다. 모든 도시가 만토바의 문학 축전 같은 행복을 누리려고 너도나도 축제를 계획한 탓이다. 그러다 보니 도시마다 문학적으로 인지도가 높은 인물을 섭외하려고 혈안이 돼 있고, 그런 인물들이 이 도시 저 도시를 메뚜기처럼 톡톡 뛰며 옮겨 다닌다. 그럼에도 어쨌든 초대된 인물들의 수준은 꽤 높다. 신문과 잡지들이 이런 페스티벌에 열광적인 관심을 보이는 건 단순히 그런 행사가 열리기 때문이라기보다는(거기엔 문화 담당 기자들의 경건한 환상이 담겨 있다) 엄청난 수의 손님, 그것도 대부분 청소년이 그런 행사에 참여한다는 사실 때문이다. 다른 도시들에서 온 방문객들은 하루나 이틀을 그 도시에 머물며 작가나 사상가들의 긴 강연을 경청한다. 게다가 이 행사들에는 자원봉사자(이들도 대부분 청소년이다)도 상당히 많은데, 이들은 예전에 자신의 부모들이 피렌체 대홍수 때 진흙 더미에 묻힌 책들을 꺼내는 데 앞장섰던 것처럼 행사에 적극적으로 참여한다.

따라서 나는 자기들 같은 소수 정예가 주도하는 문화 행사만 중시하고 많은 대중이 참가하는 대규모 행사는 사상계의 천박한 맥도널드 정도로 치부하는 일부 도덕주의자들의 사고가 되레 피상적이고 어리석게 느껴진다. 이런 대중적 현상은 굉장히 흥미롭고, 왜 그렇게 많은 청소년이 디스코텍 대신 문학 페스티벌을 찾는지는 깊이 따져 보아야 한다. 문학 축제나 디스코텍이나 결국 같은 것이 아니냐고 말할 수는 없다. 정신의 페스티벌에 참가했다가 새벽 2시쯤 집에 돌아가는 청소년들이 엑스터시에 취한 채 운전하다가 다리 기둥을 들이받았다는 이야기는 지금껏 들어 본 적이 없기 때문이다.

나는 이런 현상이 지난 몇 년 사이 거의 폭발적으로 증가하긴 했지만 결코 새로운 것은 아님을 상기시키고 싶다. 예를 들어 1980년대 초에 이미 카톨리카 시립 도서관에서는 〈오늘날의 철학자들은 무슨 일을 하는가?〉라는 주제로 저녁 문화 행사(그것도 입장료까지 받는!)를 기획했는데, 당시 1백 킬로미터 이상 떨어진 지역에서도 버스를 타고 찾아오는 사람들이 있을 정도로 대성황을 이루었다. 그래서 그때 이미 많은 사람이 이게 무슨 영문인지 몰라 고개를 갸우뚱거렸다.

나는 이 현상을 파리 바스티유 광장 주변에 성행하는 철학 술집들과 비교하고 싶지는 않다. 철학 술집에서는 일요일 오전에 페르노 한 잔을 시키면 정신적 치유 목적의 철학 수업이 짧게 진행된다. 일종의 저렴한 심리 분석인 셈이다. 하지만 청소년들이 주로 참가하는 이 행사에서는 대학 강의 수준의 강연이 몇 시간씩 진행되고, 사람들은 그저 그리로 가서 강연을 듣고 다시 돌아간다.

그렇다면 두 종류의 대답만이 남아 있다. 첫 번째 대답은 카톨리카의 문화 행사 이후 이미 사람들의 입에 오르내린 바 있다. 즉 청소년들 가운데 일정 비율은 가벼운 오락거리나 신문 지면에 겨우 열 줄 분량으로 제한되는 피상적 평론들, 그리고 자정이 지나서야 방영되는 책 관련 TV 프로그램에 만족하지 못한다는 것이다. 따라서 이 아이들은 높은 수준의 문화 프로그램에 목말라 있다. 집계에 따르면 문학 페스티벌을 찾는 관객은 수백 명, 때로는 수천 명이라고 한다. 전체 청소년 수에 비하면 소수에 불과하다. 하지만 규칙적으로 대형 서점을 찾는 것도 이 아이들이다. 그렇다면 의심할 바 없는 엘리트, 그것도 집단 엘리트다. 70억 인구에서 이 엘리트 집단이 차지하는 비율은 한 사회가 독립적 인간과 비독립적 인간의 비율에서 요구할 수 있는 최소치에 그친다. 통계적으로 더 이상은 불가능하다. 하지만 이들마저 없다면 세상은 얼마나 황량할까!

두 번째 대답은 이러한 대규모 문화 행사들이 새로운 유형의 가상 사회에 대한 불만을 고발하고 있다는 것이다. 당신은 페이스북으로 수천 명과 교류할 수 있지만, 거기에 완전히 미쳐 있지 않다면 결국엔 당신이 피와 살을 가진 사람들과 실제로 교류하고 있는 게 아니라는 사실을 깨닫는다. 그리고 나면 당신과 생각이 같은 사람들을 만나 경험을 공유하고픈 갈망을 느낀다. 우디 앨런이 어느 글에선가(어딘지는 기억이 나지 않는다) 추천한 것처럼 여자를 만나고 싶으면 클래식 콘서트에 가야 한다. 무대를 향해 고래고래 고함을 지르고 옆에 누가 있는지도 모르는 록 콘서트장이 아니라 휴식 시간에 만남을 시도할 수 있는 교향곡과 실내악 연주회장에 가야 한다는 말이다. 파트너를 만나기위해 페스티벌에 가는 것은 아니지만, 서로 얼굴을 보기 위해 가는 측면도 분명 있을 것이다.

2013년 9월 20일

범죄 소설과 철학

혹자는 내가 서문을 쓴 어떤 책에 대해 언급하는 것이 부당하다고 생각할지 모른다. 평론이라면 개인적인 관심사를 배제하고 객관적인 태도를 취하는 것이 마땅하겠지만, 이 성냥갑 칼럼은 그 성격상 개인적인 관심사와 취향, 선호를 드러낼 수밖에 없다. 내가 어떤 책의 서문을 썼다면 그건 그 책이 마음에 들었기 때문인데, 지금 그 이유를 얘기하고자 한다. 그 책은 레나토 조반놀리의 『비트겐슈타인, 기본은 말이야*Elementare, Wittgenstein!*』(Medusa, 2007)이다. 조금 뻔뻔한 제목임에도 매우 진지하고 수준 높은 책이다.

레나토 조반놀리는 현실 참여적인 〈과학〉 전문서 『사이언스 픽션의 과학*La scienza della fantascienza*』(Bompiani, 2001)의 저자다. 이 책은 위대한 사이언스 픽션들이 다룬 바 있는 중요한 개념(로봇의 법칙, 에일리언과 돌연변이의 본질, 초공간, 4차원, 시간 여행, 시간 역설, 평행 우주 등)을 체계적으로 정리했다. 사이언스 픽션의 개념들은 마치 실제 과학과 똑같은 논리 정연한 체계를 갖춘 것처럼 신뢰할 만한 통일성을 보여 준다. 그건 어쩌면 당연해 보이기도 하는데, 이유는 이렇다. 첫째, 사이언스 픽션 작가들이 서로의 작품을 읽고, 여러 주제가 한 이야기에서 다른 이야기로 넘어가고, 그로써 공식적인 과학과 유사한 규범 같은 것이 형성되었다. 둘째, 작가들은 자신의 허구를 과학적 해답과 모순되는 방향으로 전개해 나가는 것이 아니라 과학을 가장 극단적인 결과로 몰아가는 방식으로 발전시켜 나간다. 셋째, 쥘 베른 이후의 사이언스 픽션에서 잘 고안된 몇몇 개념은 나중에 과학적 현실이 되었다.

조반놀리는 이제 동일한 기준을 일련의 범죄 소설에 적용하면서 소설에 나오는 탐정들의 방법이 철학자나 과학자의 방법과 비슷하다는 점을 전제로 삼는다. 이런 아이디어 자체는 새로운 것이 아니지만, 그 단초가 전개되어 나가는 범위와 결과는 새롭다. 그래서 이 책이 범죄 소설의 철학인지, 아니면 범죄 소설에서 차용한 추론들의 예에서 출발한 철학 교본인지 의문이 드는 게 사실이다(당연히 작가 자신도 그런 의문을 품을 수 있다). 아무튼 나는 이 책을 범죄 소설에 관해 알고 싶은 사람들에게 추천해야 할지, 아니면 철학에 관심 있는 사람들에게 추천해야 할지 모르기에 안전을 기하는 차원에서 양쪽 모두에게 추천한다.

돌아보면, 몇몇 범죄 소설가만 철학과 과학에 정통한 것이 아니라(예를 들어 미국 탐정 소설가 대실 해밋은 상대성 이론과 위상 수학에 대해 아주 폭넓은 지식을 갖고 있었다), 몇몇 사상가도 범죄 소설을 읽지 않았다면 자신들만의 독특한 생각에 이르지 못했을지 모른다. 그건 인생 후반부의 비트겐슈타인이 〈하드보일드 소설〉*을 읽고 나서 어떤 이득을 취했는지 생각해 보면 금방 알 수 있다.

나는 철학이 범죄 소설보다 먼저 생겼는지 알지 못한다. 근본적으로 보면 『오이디푸스왕』도 결국 범죄

---

* 하드보일드는 원래 〈단단하게 삶은 계란〉이라는 뜻. 불필요한 수식을 없애고 빠르고 거친 터치로 사실만을 표현하고, 폭력과 범죄, 섹스 등에 대해 도덕적인 판단이나 감정을 배제한 채 냉정하게 묘사한 것이 특징이다. 대실 해밋의 추리 소설이 하드보일드의 전형적인 예이다.

를 조사하는 이야기이기 때문이다. 어쩌면 고딕 소설과 E. A. 포 이후의 범죄 소설은 우리가 아는 것 이상으로 주류 사상가들에게 영향을 끼쳤을지 모른다. 조반놀리는 논리적 공식과 다이어그램, 그리고 다른 멋진 그래픽을 이용해서 조사 보고로서의 범죄물에서 액션 소설로서의 범죄물로 넘어가는 과정이『논리 철학 논고*Tractatus Logico-Philosophicus*』의 비트겐슈타인에서『철학적 탐구*Philosophische Untersuchungen*』의 비트겐슈타인으로 넘어가는 과정과 비슷하다는 것을 보여 준다. 근거는 이렇다. 둘 다 연역법의 패러다임(이는 하나의 질서 정연한 세계 즉 존재의 거대한 사슬을 전제하는데 이때 이 사슬은 원인과 결과라는 거의 필연적인 관계 개념들 속에서 설명되고, 탐정의 머릿속 이념들의 질서와 연관성이 현실 질서와 연관성을 반영하는 일종의 예정 조화에 의해 지탱된다)에서 탐정이 원인을 조사하기보다 결과를 유발하는 〈실용주의적 패러다임〉으로 넘어가는 과정이 핵심을 이루기 때문이다.

조사로서의 범죄물은 의심할 바 없이 형이상학적 탐색의 단순한 환원 모델이다. 둘 다 〈그걸 누가 했을까?〉

하는 물음에 이르기 때문이다. 그렇다면 서서히 범인을 추적해 들어가는 범죄물은 〈그걸 누가 했을까?〉의 철학적 버전이다. 영국 작가 길버트 키스 체스터턴은 범죄 소설을 가장 미스터리한 것의 상징으로 정의했고, 들뢰즈는 심지어 철학서가 일종의 범죄 소설이 되어야 한다고까지 말했다. 게다가 신의 존재를 증명하는 토마스 아퀴나스의 다섯 가지 방법 역시 누군가 남긴 흔적을 찾아가는 추적 과정이 아니면 무엇이란 말인가? 그렇다면 〈하드보일드〉 속에도 함축적인 철학이 존재할까? 파스칼과 그의 내기를 생각해 보자. 자, 우리 카드를 새로 섞은 다음 무슨 일이 일어나는지 보자. 필립 말로*풍의 철학일까, 아니면 샘 스페이드**풍의 철학일까?

나는 애거사 크리스티와 하이데거 사이에 있을 법한 관계를 설명한 대목도 언급하고 싶다. 물론 조반놀리는 크리스티의 『그리고 아무도 없었다And Then There Were None』(1939)가 하이데거의 『존재와 시간Sein und Zeit』(1927)에 영향을 주었을 거라고 명시적으로

---

* 레이먼드 챈들러의 추리 소설에 등장하는 탐정.
** 대실 해밋의 추리 소설에 등장하는 탐정.

말하지는 않는다. 시간 역설을 다룬 하이데거의 초기 연구를 읽다 보면 크리스티와의 관련성이 퍼뜩 떠올랐을 수도 있을 텐데 말이다. 어쨌든 나는 조반놀리가 이 영국 작가의 작품에서 중세 원전에서 끌어낸 〈죽음을 향해 나아가는 존재〉의 이념을 발견한 것은 정말 대단하다고 생각한다. 마지막으로 대실 해밋과 코르크스크루 모양의 공간에 대한 설명도 읽어 보길 권한다.

2007년 3월 21일

읽지 않은 책에 관하여

좋은 독자라면 책을 펼쳐 보기도 전에 읽을 필요가 없다는 것을 어떻게 알 수 있는지 멋지게 설명한 조르조 만가넬리의 기고문이 기억난다(내가 기억력이 엄청나게 뛰어난 건 아니라는 점은 분명히 밝혀 두고 싶다). 그가 말한 건 전문적인 독자나 수준 높은 아마추어에게 요구되는 능력이 아니다. 그러니까 서두나, 무작위로 펼쳐 본 두어 페이지, 목차, 때로는 참고 도서를 근거로 어떤 책이 읽을 만한 가치가 있는지 결정하는 그런 능력이 아니라는 말이다. 그런 건 내가 보기에 그저 직업적 기술에 지나지 않는다. 반면에 만가넬리가 명시적이고 역설적으로 요구한 것은 일종의 직관적 깨달음이다.

심리 분석가이자 문예 학자인 피에르 바야르는 『읽

지 않은 책에 대해 말하는 법』*에서 어떤 책을 읽을 필요가 없는지 분별하는 방법이 아니라 읽지 않은 책을 어떻게 태연하게 말할 수 있는지 그 방법을 우리에게 알려 준다. 대학교수가 굉장히 중요한 책을 학생들 앞에서 이야기할 때도 말이다. 바야르는 일단 산술적으로 접근한다. 괜찮은 대형 도서관에는 보통 수백만 권의 책이 소장되어 있다. 누군가 매일 그중 한 권씩 읽어도 1년이면 365권밖에 안 되고, 10년이면 대략 3천 6백 권이다. 열 살부터 여든 살까지 읽는다고 해도 2만 5천 권 정도이다. 전체 책에 비하면 여전히 일부에 지나지 않는다. 그 밖에 어느 정도 좋은 교육을 받은 사람이라면 학교에서 제목과 비판적 분류만 배웠을 뿐 내용은 한 줄도 읽지 않은 책의 저자들에 관한 강의를 들을 수 있다는 건 누구나 안다. 예를 들어 반델로, 구이치아르디니, 보이아르도에 대한 강의뿐 아니라 알피에리의 비극, 심지어 니에보의 『어느 이탈리아인의 고백 *Le confessioni d'un italiano*』에 관한 강의까지 말이다.

* 피에르 바야르, 『읽지 않은 책에 대해 말하는 법 *Comment parler des livres que l'on n'a pas lus?*』, 김병욱 옮김 (서울: 여름언덕, 2008).

바야르에게 핵심은 비판적 분류이다. 그는 제임스 조이스의 『율리시스 *Ulysses*』를 읽지 않았음에도 한 치의 부끄러움 없이 그 작품에 대해 말할 수 있다고 장담한다. 그 소설이 『오디세우스 *Odysseus*』(그는 이 작품도 끝까지 읽지 않았다고 고백한다)를 재수용했고, 의식의 흐름 문체를 사용했으며, 더블린에서의 하루를 묘사했다는 등등의 설명을 덧붙이면서 말이다. 그는 이렇게 고백한다. 〈그렇기 때문에 나는 강의를 하면서 눈 하나 깜짝하지 않고 조이스에 대해 설명하는 것이 가능하다.〉 결국 그가 볼 때는 어떤 책을 읽은 것보다 그 책이 다른 책들과 어떤 관계에 있는지를 아는 것이 더 중요할 때가 많다는 것이다.

바야르는 우리가 오랫동안 제쳐 두었던 책을 마침내 읽기 시작했을 때 왜 그 내용을 이미 알고 있는 것 같은 느낌에 갑자기 빠져들게 되는지를 설명한다. 그 사이 우리가 그 책을 언급하고 인용하거나 아니면 그와 비슷한 생각과 이념 공간에서 움직이는 다른 책들을 읽었기 때문이라는 것이다. 바야르는 로베르트 무질에서 그레이엄 그린, 폴 발레리, 아나톨 프랑스, 데이비드 로지에 이르기까지 사람들이 결코 읽지 않는

다양한 문학 작품을 무척 재미있게 분석했는데, 황송하게도 내가 쓴 『장미의 이름』에도 한 장 전체를 할애하는 영광을 안겨 주었다. 이 작품에서 바스커빌의 윌리엄은 아리스토텔레스의 『시학』 2권을 처음 집어 드는데도 자신이 그 내용을 얼마나 잘 알고 있는지 과시한다. 아리스토텔레스의 다른 저서들에서 그 내용을 추론했기 때문이다. 내가 이걸 단순히 허영심에서 인용하는 것이 아니라는 사실을 이 성냥갑 칼럼의 마지막 부분에 가면 알게 될 것이다.

생각보다 모순적이지 않은 이 책의 의뭉스러운 의도는 다음과 같다. 우리는 책을 읽어도 그 내용을 대부분 잊어버리고, 그런 다음엔 그 책들이 말하고자 한 것보다 우리가 그중에서 기억하는 내용을 근거로 일종의 가상 이미지를 만들어 낸다는 것이다. 그래서 어떤 특정한 책을 읽지도 않은 누군가가 책에 없는 구절이나 상황을 인용해도 우리는 그게 책에 있다고 바로 믿을 준비가 되어 있다.

기본적으로 바야르는, 여기선 문예 학자보다 심리 분석가의 면모가 더 두드러지는데, 사람들이 남의 책을 읽고 내용을 이해하는 것에 대해서는 별 관심이 없다. 그 대신 모든 독서(책을 읽지 않는 것과 끝까지 읽지 않은 것을 포함해서)는 창의적인 관점을 가져야 한다고 강조한다. 간단히 말해서 독자는 책 속에 자기만의 고유한 것을 집어넣어야 한다는 것이다. 그러면서 읽지 않은 책에 대해 말하는 것은 자기 자신을 아는 방법이기에 읽을 필요가 없는 책들에 대해서도 학생들 마음대로 〈지어내는〉 방법을 가르치는 학교가 있으면 좋겠다고 말한다.

바야르는 자신이 읽지 않은 책에 대해 말할 때 책을 읽은 사람들도 잘못된 인용을 알아차리지 못한다는 사실을 보여 주려고 했다. 그래서 자신의 책에『장미의 이름』과 그레이엄 그린의『제3의 사나이 *The Third Man*』, 데이비드 로지의『교환 교수 *Changing Places*』를 요약하면서 각각 잘못된 정보를 하나씩 집어넣었다고 막판에 고백했다. 재미있는 것은 내가 그 요약된 내용을 읽으면서 그레이엄 그린의 대목에서는 바로 오류를 간파하고 데이비드 로지에 관한 글에서는 뭔가 이상한 걸 느꼈지만, 정작 내 소설에 대해서는 오류를 전혀 알아차리지 못했다는 사실이다. 그건 아마 내가 바야르의 책을 주의 깊게 읽지 않았거나, 건성으로 책장을 넘겨서 그런지 모른다(바야르건 이 칼럼을 읽는 독자건 그렇게 짐작해도 나는 할 말이 없다). 그런데 정말 흥미로운 건 바야르가 세 개의 의도적인 오류를 지적하면서 해당 책들에 대해 각각 하나의 올바른 독서가 존재한다는 걸 함축적으로 전제하고 있음을 자각하지 못했다는 사실이다. 그 결과 그는 〈읽지 않은 책에 관한 자신의 테제〉를 뒷받침하기 위해 분석한 책들을 스스로 매우 꼼꼼하게 읽을 수밖에 없었다. 이 모순은 바야르 자신이 쓴 책을 어쩌면 본인은 읽지 않았을 거라는 의구심이 들 정도로 명확하다.

2007년 7월 20일

저장 매체의 불안정성에 관하여

지난 일요일 베네치아에서 열린 대규모 출판인 회의 막바지에 각종 정보를 보관하는 저장 매체들의 불안정성에 대한 문제가 주로 논의되었다. 글로 쓰인 정보들을 저장하기 위한 전통적인 매체로는 고대 이집트의 비석, 점토판, 파피루스, 양피지, 그리고 당연히 책을 꼽을 수 있다. 책은 지금껏 5백 년은 족히 유지되는 것으로 입증되었지만, 아마 린넨지로 만든 책만 그럴 뿐이다. 19세기 중반부터는 목재 펄프지로 넘어갔는데, 그런 책들의 수명은 기껏해야 60년 정도로 한정된다. 그건 제2차 세계 대전 이후에 나온 신문이나 책을 뒤적거리다 보면 섬유질 가닥이 풀릴 때가 많은 것을 봐도 알 수 있다. 그 때문에 이미 오래전부터 전문가 회의에서 우리 도서관에 있는 오래된 책들을 좀 더

장기적으로 보관할 수 있는 다양한 방법들이 논의되었는데, 그중 디지털화 즉 모든 페이지를 스캔해서 데이터 저장 장치로 옮기는 것이 가장 인기 있는 방법으로 떠올랐다. 물론 현존하는 모든 책을 디지털화하는 것은 불가능에 가깝지만.

어쨌든 여기엔 또 다른 문제가 제기된다. 사진, 영화, 음반부터 우리가 일상적으로 사용하는 USB에 이르기까지 각종 정보를 저장하는 모든 데이터 저장 장치가 책보다 수명이 짧다는 것이다. 그건 다음 몇 가지 사례만 봐도 알 수 있다. 카세트테이프는 어느 정도 지나면 테이프가 헝클어지는데, 작은 구멍에 연필을 넣고 다시 정돈하려고 해도 대개는 소용이 없다. 비디오테이프 역시 시간이 지나면 색과 선명함을 잃을 뿐 아니라 너무 자주 사용하거나 학습 목적으로 앞뒤로 너무 자주 감으면 빨리 망가진다. 레코드판도 자주 들으면 오래지 않아 칙칙거리고 잡음이 심해진다. 그런데 처음엔 레코드판과 책을 대체할 수 있다는 점에서 대단한 발명으로 환영을 받았던 CD-ROM은 수명을 확인할 시간조차 많지 않았다. 그 안에 담긴 데이터를 온라인으로 더 저렴하게 얻을 수 있는 방법이 생기면서 시장에서 빠른 속도로 사라졌기 때문이다. 우리는 DVD에 수록된 영화가 얼마나 오래갈지 아직 모른다. 다만 너무 많이 재생하면 가끔 먹통이 된다는 사실만 안다. 플로피 디스크도 얼마나 오래가는지 확인할 시간이 충분치 않았다. 왜냐하면 금방 CD와 반복해서 쓸 수 있는 CD-RW로 대체되었고, 이것들은 다시 현재 어디서나 사용되고 있는 USB에 자리를 내주었기 때문이다. 다양한 데이터 저장 매체들이 사라지면서 그것을 읽을 수 있는 컴퓨터도 사라졌고(여전히 플로피 디스크를 사용하는 구형 컴퓨터를 가진 사람은 아마 없을 것이다), 모든 자료를 그때그때 출시되는 최신 저장 매체로 제때 옮겨 놓지 않은 사람은(아마 2~3년마다 한 번씩 그래야 할 것이다) 구형 매체에 저장된 자료를 잃고 말 것이다. 사라진 데이터 저장 매체를 사용할 수 있는 구형 컴퓨터를 아직 창고에 보관하고 있다면 몰라도.

따라서 모든 기계적·전기적·전자적 데이터 저장 매체에 대해 우리는 이렇게 단언할 수 있다. 그 매체들은 새로운 것에 밀려 시장에서 재빨리 사라지고, 그래서 우리는 그것들의 수명을 확인할 시간이 없다. 아니,

어쩌면 영원히 그것을 확인할 기회가 없을지 모른다.

게다가 전자 저장 매체의 자력이 훼손되는 데는 합선이나 정원에 내리친 번개, 또는 그보다 훨씬 더 일상적인 불운만으로 충분하다. 만일 블랙아웃이라도 좀 길게 지속되면 나는 어떤 하드 디스크도 사용할 수 없을 것이다. 내 전자 기억 장치에 아무리 『돈키호테』 작품 전체가 들어 있더라도 그걸 촛불 아래서나 해먹, 보트, 욕조, 그네에서는 읽을 수 없다. 반면에 아무리 불편한 상황에서도 책은 내게 그것을 허용한다. 또한 노트북이나 전자책 리더기가 6층 창문에서 떨어지면 나는 수학적 확률상 모든 걸 잃을 각오를 해야 하지만, 종이책이 떨어졌다면 기껏해야 모서리에 조금 손상이 갈 뿐이다.

현대의 전자 저장 매체들은 모두 정보의 안전과 보존보다는 확산에 더 큰 비중을 두고 있는 듯하다. 그에 반해 책은 정보 확산의 주요 수단인 동시에(프로테스탄트의 종교 개혁 과정에서 인쇄된 성서의 역할을 생각해 보라) 안전과 보존의 수단이기도 하다. 몇백 년 후 혹시라도 모든 전자 저장 매체가 사라진다면 우리에게 과거를 알려 주는 유일한 매체는 여전히 아름다운 고판본일 것이다. 그 밖에 현대의 책들 중에서는 고급 종이로 인쇄한 책이나 오늘날 많은 출판사가 찍고 있는 중성지로 된 책들만 살아남을지 모른다.

나는 옛것만 고집하는 전통주의자가 아니다. 그래서 250기가바이트의 이동식 하드 디스크에 세계 문학과 철학사의 위대한 걸작들을 저장해 두고 있다. 단테의 작품이나 『신학 대전*Summa Theologica*』에 나오는 인용문을 몇 초 안에 불러내는 건 의자에서 일어나 높은 책장에서 두꺼운 책을 꺼내는 것보다 훨씬 간편하다. 하지만 나는 그 책들이 책장에 꽂혀 있다는 게 늘 기쁘다. 언젠가 전자 기기들이 총기를 잃을 때를 대비한 확실한 기억 장치로서 말이다.

2009년 2월 6일

들어 본 농담이라면 날 좀 멈춰 줘!

　희극적인 것을 철학적·심리학적으로 정의하려는 저술들은 기지 넘치는 모토들의 보고다. 최고의 유대인 농담은 지크문트 프로이트의 『농담과 무의식의 관계 *Der Witz und seine Beziehung zum Unbewußten*』에 나오고, 앙리 베르그송의 웃음에 대한 저서에는 외젠 마랭 라비슈의 보석 같은 농담이 인용되어 있다. 〈그만 둬! 신만이 자신의 이웃을 죽일 권리가 있다고!〉 그런데 이 작품들에 담긴 농담은 하나의 이론을 설명하기 위한 예로만 쓰이고 있다.

　반면에 이론이 농담을 이야기하기 위한 수단으로 쓰이는 책도 있다. 짐 홀트의 『들어 봐: 농담에 관한 짧은 역사와 철학 *Senti questa: Piccola storia e filsofia della battuta di spirito*』(Isbn Edizioni, 2009)이 그것이다. 홀

트는 철학자가 아니고, 이 책의 내용도 원래 주간지 『뉴요커』에 연재한 글이다. 원제를 편하게 번역하자면 〈들어 본 농담이라면 날 좀 멈춰 줘〉이다.[*] 그는 이 책에서 우리에게 농담을 봇물 터지듯 쏟아 내기 위해 대립적인 이론들(그는 정말 모르는 이론이 없는 듯하다)을 인용한다. 이 책을 학생들이 읽을 만한 도서로 추천하고 싶지는 않다. 무척 신랄한 농담들이 많이 실려 있기 때문이다. 게다가 레니 브루스 같은 코미디언들이 던지는 농담처럼 언어와 분위기를 모르면 이해가 어려운 미국 농담들도 인용되어 있다. 예를 들면 이런 식이다. 〈뉴저지는 왜 꽃 피는 주라고 불릴까? 그곳엔 동네마다 로젠블럼Rosenblum이 한 사람씩은 살고 있기 때문이다.〉 이 농담에서는 로젠블럼이 유대인 이름으로서 영어로 〈활짝 핀 장미〉를 연상시키고, 뉴저지에는 유대인이 많이 산다는 사실을 알고 있어야 한다. 따라서 뉴욕에 살지 않는 사람은 이 농담을 듣고도 웃지 않는다.

그렇다면 틈틈이 역주를 달아 설명해야 하는 이 책

---

[*] 원제는 Jim Holt, *Stop Me If You've Heard This: A History and Philosophy of Jokes*(Liveright, 2008)이다.

의 번역자가 처한 어려움을 생각해 보자. 알다시피 농담을 설명하는 것보다 삭막하고 재미없는 일은 없다. 하지만 다른 한편으로 미국 성공회에서는 동성애자도 사제 서품을 받는 현실을 비꼬는 농담을 소개하면서 주석에 중요한 내용을 빠뜨린 것을 지적하지 않을 수 없다. 〈성공회 신도들은 왜 체스를 둬서는 안 될까? 비숍을 퀸과 구분하지 못하기 때문이다.〉 전후 맥락을 모르면 이건 농담으로서 효과가 전혀 없다. 게다가 성공회 신도들이 여자와 남자를 구별하지 못할 리도 없는데 말이다. 번역자는 주석에서 비숍이 영어로 주교를 의미한다고 설명한다. 그것으로 문제는 좀 더 구체성을 띤다. 교회와 관련된 이야기를 하고 있다는 것이 드러나기 때문이다. 그럼에도 체스 게임에 나오는 퀸이 동성애자를 지칭하는 미국 은어라는 사실은 주석에 빠져 있다. 중요한 내용인데 말이다. 결국 그 농담은 미국 성공회 신도들이 〈주교와 여자 역할의 남자 동성애자를 구별하지 못한다〉는 뜻을 암시한다. 정치적으로 올바르지 않은 상당히 모욕적인 농담이다.

간단히 말해서 농담을 번역하는 건 무척 힘든 일이지만, 이 책에 나오는 농담들은 상당수가 아주 재미있고 인용될 만한 가치가 충분한 것들이다. 그중에는 고대 그리스 문헌에 나오는 농담들도 있다. (예를 들면, 〈머리를 어떻게 잘라 드릴까요?〉라는 이발사의 말에 손님은 이렇게 답한다. 〈말없이!〉) 짐 홀트는 그리스 농담 중에서 불완전한 형태로 전해져 오는 한 농담을 인용한다. 주민들이 아둔한 것으로 유명한 아브데라 시의 한 주민이 환관에게 자식이 몇이냐고 묻는다. 그러자 환관은 자신은 생식 기관이 없어서 자식이 없다고 답한다. 그런데 이 이야기에서는 이어지는 아브데라 주민의 대답이 빠져 있고, 홀트는 그 점을 무척 아쉬워한다. 나는 이런 대답을 제안해 본다. 〈그게 무슨 상관입니까? 나도 잘 작동하지 않는 생식 기관을 갖고 있지만 아내는 내게 너무나 예쁜 아이를 셋이나 선물했답니다.〉

포지오 브라치올리니의 재담을 다룬 장은 아주 훌륭하다. 또한 성적 도착이 몇몇 사디즘적 농담에 어떤 영감을 주었는지 설명하는 주석도 훌륭하다. 그 밖에 앨런 던데스 같은 농담의 인류학자에 대한 애정 어린 기억(예를 들어, 〈정권을 비꼬는 농담을 쓴 작가에게 수여하는 소비에트 최고의 상은?〉〈15년 형〉)과 지지

리도 멍청한 코끼리 농담에 대한 어쩌면 너무 신랄해 보이는 평가도 마음에 든다. 더 밑에 나오는 농담도 기발하다. 〈거북의 등에 올라탄 달팽이는 뭐라고 했을까?〉〈야호!〉 이건 아이들에게도 들려줄 수 있을 듯하다. 또 다른 농담도 재치가 넘친다. 한 남자가 술집에 들어와 말한다. 〈형사들은 하나같이 다 더러운 놈들이야!〉 스탠드에 앉아 있던 한 남자가 그 말에 동의하지 않자 첫 번째 남자가 말한다. 〈왜, 당신 형사야?〉 그러자 두 번째 남자가 답한다. 〈아니, 난 더러운 놈이야.〉 술집에 들어와서(어쩌면 같은 술집일지 모른다) 맥주 한 잔과 바닥을 닦을 걸레를 주문하는 해골에 대한 농담도 아이들에게 들려줄 수 있을 듯하다.

홀트는 금기라는 것을 몰랐기에 나 역시 미국의 리언 비즐티어가 했다는 신의 살해에 관한 농담을 인용해 보겠다. 〈왜 이리 난리 법석일까? 우린 신을 그저 며칠만 죽였을 뿐인데!〉 전문적인 독자만 이해하는 논리적·철학적 농담은 그냥 넘어가자. 다만 실제로 논리학 학회에서 나왔던 한 농담이 빠진 것은 아쉽다. 긍정 논법의 논리학 공식은 〈P이면 Q이다〉이고, 영어 발음으로는 〈이프 피 덴 큐〉이다. 회의 중에 한 참석자가 화장

실에 갔다가 사람들이 줄을 서 있는 것을 보고 이렇게 말했다. 〈*If pee then queue.*〉 발음상으로는 같지만 의미는 다르다. 소변을 보고 싶으면 줄을 서서 기다려야 한다는 뜻이다.

2009년 5월 29일

기념 논문집

학계 용어로 기념 논문집은 60회나 70회 생일처럼 0으로 끝나는 학자의 생일을 축하하기 위해 동료와 제자들이 쓴 정성스러운 기고문 모음을 가리킨다. 이런 논문집은 축하받는 사람의 작품에 대한 특별한 연구 논문들로 이루어지기도 하는데, 그러면 기고문 집필자들에게 상당한 수고가 요구되고, 자칫 충직한 제자들만 동참할 뿐 생일을 맞은 사람에게 그렇게 적극적인 노력을 기울일 시간이나 마음이 없는 유명 학자들은 참여하지 않을 위험이 있다. 따라서 유명 학자들을 동참시킬 목적으로 주제를 따로 정하지 않고 자유롭게 글을 쓰도록 하는데, 그러면 모음집은 가령 〈핀코 팔리노에 대한〉 논문집이 아닌 〈핀코 팔리노를 기념하는〉 논문집으로 명명된다.

쉽게 상상할 수 있듯이, 특히 두 번째 경우에 기념 논문집의 실질적인 성격은 사라지고 만다. 이 모음집에서는 어떤 통일적인 주제도 찾아볼 수 없기 때문이다. 어찌 됐건 그런 논문집에 글을 싣는 건 예전에는 누구나 기꺼이 치르는 희생에 가까웠다. 게다가 기회가 되면 그 논문을 다른 곳에 발표할 수 있을 거라는 기대도 있었다. 다만 예전에는 팔리노 교수가 60회 생일을 맞았을 때 기념 논문집이 헌정되었다. 그 정도면 이미 충분히 살았고, 별일이 없으면 70회 생일 전에 죽었다. 하지만 오늘날의 팔리노 교수는 의료 기술의 발전 덕분에 90세까지 살 수 있고, 그로써 제자들은 60세 생일뿐 아니라 70세, 80세, 더 나아가 90세 생일까지 축하하는 논문집을 만들어야 하는 상황에 처했다.

더구나 지난 반세기 동안 국제적인 연결망은 점점 더 촘촘해졌고, 모든 학자가 예전보다 훨씬 더 많은 사람과 직접적인 친분 관계를 맺고 있기에 대학의 평범한 학자도 전 세계에 퍼져 있는 천문학적인 나이에 이른 동료들의 기념 논문집에 기고해 달라는 의뢰를 매년 적어도 20~30건씩은 받는다. 게다가 기고문이 너무 성의 없게 보이지 않기 위해선 최소한 분량이 20페이지는 되어야 한다는 점을 감안하면 대학의 모든 학자는 1년에 6백 페이지를 써야 하고, 고령의 명망 있는 동료들에게 존경심을 표하려면 모든 내용이 나름의 독창성도 갖추어야 한다. 다들 짐작하듯이 이런 요구를 모두 감당해 내기란 불가능에 가깝지만 거절은 존경심 부족으로 비칠 수 있다는 점을 고려하면 참으로 난감한 상황이 아닐 수 없다.

이런 비극에서 벗어나는 방법은 두 가지다. 기념 논문집을 80회 생일이나 그 이상의 나이가 됐을 때 내는 것으로 아예 못 박아 버리거나, 아니면 나처럼 하나의 논문을 이런저런 기념 논문집에 중복해서 보내는 것이다. 물론 그럴 때 나는 처음 열 줄과 마지막 결론 부분을 살짝 바꾸는 것으로 나름 예의를 차리는데, 지금까지 그걸 알아차린 사람은 아무도 없다.

2002년 3월 7일

늙은 홀덴

　J. D. 샐린저가 세상을 떠나자 소설『호밀밭의 파수
꾼 *The Catcher in the Rye*』(이탈리아판 제목은『젊은 홀
덴』이다)을 회상하는 글과 기사가 쏟아졌다. 내가 볼
때 이런 회상은 크게 두 부류로 나누어지는 듯하다. 하
나는 그 소설을 청년기의 아주 놀라운 독서로 경험한
사람들의 격정적인 감동을 담은 기억이었고, 다른 하
나는 너무 어리거나 너무 나이 들어서 읽는 바람에 다
른 모든 소설에 그러하듯 쓴 비판적 성찰이었다. 두 번
째 부류의 사람들은 전부 당황해하면서, 이 소설이 문
학사에 앞으로 길이 남을 것인지, 아니면 특정 시대나
특정 세대의 표현일 뿐이었는지를 두고 의구심을 감
추지 못했다. 그런데 솔 벨로가 죽은 뒤 그의 소설『허
조그 *Herzog*』를 다시 읽거나, 노먼 메일러가 죽은 뒤

『벌거벗은 자와 죽은 자 *The Naked and the Dead*』를 다시 읽은 사람들 가운데에는 그런 질문을 던진 이가 없었다. 그렇다면 왜『호밀밭의 파수꾼』만 그런 일이 벌어질까?

나는 나 자신이 좋은 실험 대상이라고 생각한다. 그 소설은 1951년에 출간되었고, 이탈리아에서는 1년 뒤 카시니 출판사에서『남자로서의 삶 *Vita da uomo*』이라는 별로 어울리지 않는 제목으로 번역, 출간되었다. 하지만 수년 동안 거의 주목을 받지 못하다가 1961년에 이나우디 출판사에서『젊은 홀덴 *Il giovane Holden*』이라는 제목으로 재출간되면서 비로소 성공을 거두었다. 이제 이 소설은 1960년대의 10대들에겐 프루스트의 마들렌*이 되었다. 당시 나는 서른 살 언저리였다. 조이스에 빠져 있었고, 샐린저는 내 관심 사항이 아니었다. 나는 그 작품을 10년 전에야 처음 읽었다. 그것도 거의 의무감에서 말이다. 읽고 난 뒤의 소감은 한마디로 냉랭했다. 전혀 와닿지 않았다. 어떻게 그럴 수 있을까?

---

* 마르셀 프루스트의『잃어버린 시간을 찾아서』에는 주인공이 홍차에 마들렌을 찍어 먹으면서 과거를 회상하는 대목이 나오는데, 이후 〈프루스트의 마들렌〉이라는 표현이 나올 만큼 이 과자는 어린 시절의 추억과 향수를 자극하는 상징이 되었다.

한편으로 그 소설은 내게 사춘기의 격정을 떠올리게 하지 못했고, 다른 한편으로는 아마 그 작품에서 그렇게 독창적으로 사용되었던 청소년기의 언어가 그 사이 시대에 뒤떨어져서 전혀 공감을 불러일으키지 못했기 때문이다(청소년들이 자신의 은어를 분기마다 바꾸는 것은 익히 알려진 사실이다). 마지막으로 〈샐린저 문체〉도 1960년대부터 오늘날까지 큰 성공을 거두기는 했으나 대신 많은 소설이 모방하는 바람에 내게는 매너리즘에 빠진 것 같은 인상을 자아냈고, 그게 아니더라도 독창적이거나 도발적으로 느껴지지 않았다. 결국 소설이 흥미를 끌지 못한 것은 바로 그렇게 큰 성공을 거두었기 때문이라는 결론에 이르렀다.

이것은 다음 질문으로 이어진다. 한 작품의 성공 역사에서 외적 상황은 얼마큼 중요한 역할을 할까? 그러니까 그 작품이 출간될 당시의 역사적 맥락과 독자의 삶은 얼마만큼 관련이 있을까? 다른 차원의 예를 하나 들어 보겠다. 나는 〈텍스* 세대〉가 아니라서 누군가 자신이 텍스 신화와 함께 자랐다고 말하는 걸 들으면 항상 의아한 생각이 든다. 이유는 간단하다. 텍스는 1948년에 처

* 아주 오랜 기간 인기를 끌었던 이탈리아 만화책 시리즈.

음 출간되었고, 그때 나는 이미 고등학생이어서 만화책을 끊었고, 그러다 대략 서른 살이 되어서야 다시 읽기 시작했다. 당시는 찰리 브라운*의 시대이자, 딕 트레이시나 크레이지 캣 같은 고전적 만화들이 재발견되던 시기이자, 크레팍스와 우고 프라트 같은 만화가들과 함께 이탈리아의 위대한 만화 전통이 막 첫발을 떼기 시작하던 때였다. 비슷한 방식으로 나의 자코비티**는 피포, 페르티카와 팔라(1940년대)의 자코비티였지, 코코 빌(1950년대)의 자코비티는 아니었다.

그런데 모든 것을 개인 문제로 환원하는 것은 경계해야 한다. 너무나 당연한 얘기지만, 누군가는 단테의 『신곡』을 공부했던 시절에 끔찍한 실연의 아픔을 겪었다는 이유로 그 작품을 싫어할 수 있다. 그런 일은 토토의 영화나 채플린의 영화를 두고도 얼마든지 일어날 수 있다. 하지만 그렇다고 해서 하나의 텍스트에는 어떤 독자적인 의미도 담겨 있지 않고, 오직 독자의 해석에 따라 작품의 의미가 달라진다고 하는 사이비

---

* 찰스 먼로 슐츠의 유명한 만화 『피너츠Peanuts』에 나오는 주인공 캐릭터.
** Benito Jacovitti(1923~1997). 이탈리아 만화가. 피포, 페르티카와 팔라, 코코 빌은 모두 자코비티 만화 시리즈의 주인공이다.

해체주의의 오류에 빠져서는 안 된다. 만일 누군가 영화「토토, 페피노, 그리고 말괄량이」를 보러 간 날 하필 사랑하는 연인과 이별했다면 그 작품을 떠올릴 때마다 슬픈 감정이 들 수 있다. 하지만 그런 개인 사정을 떠나 공정하게 작품을 분석하면 토토와 페피노가 편지를 보내는 일화를 리듬과 희극적 요소의 함량 면에서 얼마든지 걸작으로 인정할 수 있다.

따라서 한 작품의 예술적 가치를 수용자의 개인적 상황과 무관하게 평가할 수 있다면 이제 특정 시기에 그 작품이 어째서 성공을 거두었는지, 아니면 왜 실패했는지 그 이유의 문제만 남는다. 한 책의 성공은 출간될 당시의 시대 상황이나 문화적 맥락과 얼마나 관련이 있을까? 1950년대 초반 젊은 미국인들에게 그렇게 큰 열광을 불러일으켰던 『호밀밭의 파수꾼』이 왜 같은 시기 이탈리아 젊은이들에게는 그러지 못한 채 10년 뒤에나 새바람을 일으켰을까? 카시니 출판사보다 훨씬 몸집이 큰 에이나우디 출판사의 명성과 마케팅 전략이 한몫했을 수도 있지만 그것만으로는 그 작품의 성공이 온전히 설명되지 않는다.

나는 독자들에게 큰 사랑을 받고 비평가들에게도

높은 평가를 받았던 작품 중에 만일 그것이 10년 전이나 후에 출간되었다면 그런 성공을 거두지 못했을 작품들을 얼마든지 댈 수 있다. 어떤 작품은 정확히 바로 그 시점에만 출간되어야 했다. 그리스 철학 이후 우리는 〈적절한 시점〉 또는 카이로스*가 얼마나 중요한 문제인지 안다. 물론 한 작품이 적절한 시점에 출간되거나 출간되지 않았다고 주장하는 것이 왜 하필 그 시점이어야 하는지에 대한 이유를 설명해 주는 건 아니다. 이는 우리가 월요일에 바다에 떠내려 보낸 탁구공이 수요일엔 어디쯤 있을지 예견하는 것만큼 풀기 어려운 문제다.

2010년 2월 5일

* 그리스 신화에서 기회를 놓치지 않고 적절한 시기에 결성을 내리도록 도와주는 〈타이밍의 신〉이다.

또 다른 아리스토텔레스의 발견

피터 리슨의 독특한 책이 최근에 이탈리아어로 출간되었다. 『후크 선장의 보이지 않는 손: 해적의 숨겨진 경제학』*이 그것이다. 자본주의 역사가인 미국인 저자는 이 책에서 현대 경제학과 민주주의의 기본 원칙을 설명하면서 17세기 해적선의 선원들을 그 원형으로 삼았다. (그것도 『검은 해적선 *Il corsaro nero*』과 『피에트로 롤로네세 *Pietro l'Olonese*』**에 나오는 해적선이 모델이다. 당시 해적선에는 보통 해골 깃발이 걸려 있었는데, 말이 나온 김에 덧붙이자면 이 깃발은 처음엔 검은색이 아니라 빨간색이었다. 그래서 〈졸리 루

---

* 피터 리슨, 『후크 선장의 보이지 않는 손: 알려지지 않은 해적의 경제학 *The Invisible Hook: The Hidden Economics of Pirates*』, 한복연 옮김 (서울: 지식의날개, 2014).

** 에밀리오 살가리의 소설들.

즈Jolie rouge〉라 불렸지만, 나중에 영어로 〈졸리 로저 Jolly Roger〉라는 이름으로 개악되었다.)

리슨은 훌륭한(?) 해적이라면 누구나 자신들만의 철칙을 충실히 따랐고, 그런 원칙을 가진 해적들은 〈계몽되고〉 민주적이고 평등하고 다양성에 개방적인 조직체였다고 설명한다. 간단히 말해서 해적들은 자본주의 사회의 완벽한 모델이라는 것이다.

이 주제에 대해선 책의 서문을 쓴 줄리오 조렐로가 자세히 설명했으니, 나는 리슨의 책이 말하고자 한 바를 더 이상 언급하지 않고 다만 그 책이 내게 불러일으킨 단상만 몇 가지 이야기하겠다. 우선 믿지 못하겠지만, 자본주의에 대해 전혀 아는 게 없는 상태에서 해적과 해상 무역상(미래 자본주의의 모델에 해당하는 자유로운 기업가들을 가리킨다)의 공통점을 끌어낸 사람은 아리스토텔레스였다.

아리스토텔레스가 『시학』과 『수사학』에서 은유를 최초로 규정한 것도 그의 큰 업적이다. 그는 은유가 단순한 장식이 아닌 인식의 형식임을 확정 지었다. 이는 결코 사소한 발견이 아니다. 왜냐하면 이후 수백 년 동안 은유는 말해진 것의 본질을 전혀 바꾸지 않으면서 그저 말을 아름답게 하는 수단으로만 여겨졌고, 지금도 그렇게 생각하는 사람이 많기 때문이다.

그는 『시학』에서 훌륭한 은유를 이해한다는 것은 〈서로 비슷한, 적절한 개념을 인식하는 것〉이나 다름없다고 설명한다. 이때 그가 〈인식하다〉라는 동사로 사용한 단어는 〈주시하다, 규명하다, 비교하다, 평가하다〉라는 뜻의 〈*theoreîn*〉이다. 그는 『시학』에 이어 『수사학』에서 인식을 촉진하는 이러한 기능을 좀 더 상세히 언급한다. 요약하자면, 은유는 지금껏 우리가 알지 못했던 것을 우리 〈눈앞에 바로 떠올리게〉(그는 정말 이렇게 표현했다) 하고, 그로써 우리 입에서 〈우와, 정말 그랬군, 어떻게 그걸 모르고 있었을까!〉라는 말이 절로 나오게 한다. 이렇듯 그는 기대하지 않았던 유사성을 발견함으로써 감탄을 유발하는 것은 아주 즐거운 일이라고 말한다.

달리 말해서, 아리스토텔레스는 훌륭한 은유에 과학적 기능까지 부여했다. 그것도 이미 존재하는 무언가를 다시 발견하는 과학이 아니라 세계를 새로운 방식으로 바라보면서 무언가를 처음 드러내는 과학으로서 말이다.

그렇다면 무언가를 우리 눈앞에 처음 떠올리게 하는 은유의 가장 설득력 있는 예는 무엇일까? 해적들을 〈조달자〉와 〈공급자〉로 부른 은유가 그것이다(나는 아리스토텔레스가 이 은유를 어디서 찾았는지 모른다). 그는 다른 은유와 마찬가지로 이 은유에서도 겉으로는 도저히 연결될 수 없을 것 같은 두 사물에서 최소한 하나의 공통점을 찾고, 그런 다음 서로 다른 두 사물을 동일한 종의 아종으로 바라볼 것을 권한다.

무역상은 보통 자신의 상품을 밖으로 가져 나가 합법적으로 판매하기 위해 바다를 항해하는 성실한 사람인 반면에 해적은 그런 무역상의 선박을 습격해 약탈하는 악당임에도 둘 다 원산지에서 소비자에게로 상품을 옮긴다는 점에서 서로 비슷하다고 이 비유는 말한다. 해적은 희생자들에게서 물건을 약탈하자마자 노획한 상품을 어딘가에 팔려고 애썼을 것이고, 그런 측면에서 그들은 상품의 운송업자이자 조달자이자 공급자이다. 물론 그들의 고객 역시 그런 불법적인 상품 조달에 책임이 있을 가능성이 높다. 어쨌든 상인과 강도의 이러한 예기치 못한 유사성은 일련의 의구심을 일깨우고, 독자는 그런 의구심을 통해 마침내 다음과

같이 말하게 된다. 〈정말 그러네, 전에는 내가 그걸 못 봤어!〉

한편으로 이 비유는 지중해권 경제에서 해적이 차지하는 역할을 새로운 시각으로 바라보게 하고, 다른 한편으로는 상인의 역할과 방식에 대해 깊은 의심의 눈길을 보내게 한다. 한마디로 이 비유는 훗날 브레히트가 말한 것으로 전해지는 다음의 말을 앞서 보여 주고 있다. 〈은행 강도와 은행 설립자가 다른 게 무엇인가?〉 물론 우리의 선한 아리스토텔레스 선생께서야 겉으로 아주 뻔뻔하게 들리는 브레히트의 이 재담이 그 뒤로도 많은 시간이 흘러 우리 시대를 불안하게 하는 요소를 적확하게 지적했다는 사실을 알지 못했겠지만 말이다. 멀리 갈 것도 없다. 최근에 국제 금융 시장에서 벌어진 일들이 바로 그런 불안 요인들이다.

요약하자면, 군주의 조언자 역할을 했던 아리스토텔레스가 마르크스처럼 생각했을 거라고 주장해서는 안 될 일이지만, 이 해적 이야기를 읽으면서 내가 얼마나 유쾌했는지는 이해해 줬으면 좋겠다. 또 다른 아리스토텔레스의 발견이다!

2010년 10월 15일

몬탈레와 딱총나무

마리아 루이사 스파치아니는 앙증맞은 책 『몬탈레와 여우*Montale e la volpe*』에서 에우제니오 몬탈레와의 기나긴 우정과 영혼의 친밀성이 뚝뚝 묻어나는 일화를 이야기한다. 그중 하나는 학교에서 충분히 다룰 만한 주제를 담고 있는데, 설명하면 이렇다. 스파치아니와 몬탈레는 울창한 딱총나무 숲을 지나간다. 스파치아니가 늘 사랑하는 나무다. 왜냐하면 〈이 나무를 유심히 살펴보면 그 속엔 빛으로 이루어진 것 같은 자잘한 꽃봉오리가 마치 밤하늘의 별처럼 총총히 담겨 있기 때문이다. 마법 같다고 할까!〉 그래서인지 그녀는 자신이 예전부터 외우고 다니던 몬탈레의 시들 가운데 특히 사랑하는 한 구절이 떠올랐다고 말한다. 〈딱총나무 덤불의 뾰쪽한 탑들이 저 위에서 파르르

떠네.〉

몬탈레는 딱총나무 앞에 감격한 표정으로 서 있는 스파치아니를 바라보며 말한다. 〈참 아름다운 꽃이군!〉 그러고는 이게 무슨 꽃이냐고 묻는다. 이 말이 떨어지는 순간 애인의 입에서는 상처 입은 동물이 터뜨리는 것 같은 비명이 터져 나온다. 딱총나무를 그렇게 아름다운 시적 언어로 형상화한 시인이 자연 속에서 실제 딱총나무를 알아보지 못하다니, 어떻게 그런 일이? 몬탈레는 좀 머쓱한 표정으로 이렇게 변명한다. 〈뭐 그렇긴 하지만, 당신도 알다시피 문학은 말로 하는 거잖아.〉 나는 이 일화가 시와 산문의 차이를 설명해 주는 아주 좋은 예라고 생각한다.

산문은 실제, 또는 실제라고 상상하는 사물에 대해 이야기한다. 만일 딱총나무를 이야기에 쓴다면 서술자는 당연히 그게 어떤 나무인지 안 뒤 상황에 맞게 묘사해야 한다. 그러지 않으면 그 나무를 언급할 수 없다. 따라서 산문의 원칙은 〈사물이 먼저고, 말은 그다음〉이다. 만일 당신이 말하고자 하는 사물을 잘 알고 있으면 그에 맞는 말은 자연스레 따라온다. 예를 들어 만초니가 길게 이어진 두 산줄기를 미리 주의 깊게 관찰하지 않았다면, 오른쪽 구릉과 왼쪽의 넓은 해안선, 두 물가를 연결하는 다리, 거기다 레세고네산까지 오랫동안 관찰하지 않았다면 아마 소설에서 그 빛나는 첫머리(그것도 아홉 개 음절로 이루어진 시구와 같은 첫머리)*를 쓰지 못했을 테고, 주변 풍경을 그렇게 선율적인 문체로 묘사하지도 못했을 것이다. 반면에 시는 정반대다. 시인은 먼저 말과 사랑에 빠지고, 나머지는 저절로 따라온다. 즉, 〈말을 먼저 장악하면 사물은 절로 이어지는 것〉이다.

그렇다면 몬탈레는 자신의 시에서 묘사한 그런 전형적인 〈부수물들〉, 예를 들어 수확 후 남은 자잘한 곡식 더미, 불가사리를 품은 바닷말, 가시 식물, 끝을 자른 돈나무 산울타리, 새 잡이용 끈끈이가 잔뜩 달라붙은 깃털, 부서진 납작 기와, 황홀한 배추흰나비, 바위자고새들의 합창, 푸를라나 민속춤, 리고동 춤 같은 것들을 한 번도 본 적이 없을까? 누가 그걸 알 수 있을까마는 그게 바로 시에서 말의 가치다. 시에서는 고여 있는 시냇물도 돌돌 말린 〈낙엽 *foglia*〉과 운을 맞추기 위

* *Quel ramo del lago di Como.* 〈코모 호수의 그 지류〉라는 뜻으로 알레산드로 만초니의 소설 『약혼자들 *I promessi sposi*』에 나오는 첫 부분.

해 〈졸졸거리며 *gorgoglia*〉 흘러야 한다. 자연의 시냇물은 소용돌이치기도 하고, 꿀렁거리기도 하고, 철퍼덕거리거나 신음하거나 헐떡거리기도 하지만 말이다. 순수 문학적 필요성은 강이 사부작거리며 아름답게 흐르길 원하고, 그런 식으로 〈영원히 남기를 / 하나의 순환처럼 하루를 마무리 짓고 / 기억을 키우는 사물들 중 하나로 남기를〉* 원한다.

2011년 12월 21일

* 에우제니오 몬탈레의 『시집 1920~1954』 가운데 「오래된 시구」에 나오는 구절.

거짓말과 〈마치 그런 것처럼〉의 세계

눈 밝은 독자라면 내가 요사이 거짓말이라는 주제를 여러 번 다룬 것을 감지했을지 모른다. 그건 내가 지난 월요일에 밀라노의 문화 주간 행사인 〈밀라네시아나〉에서 그와 관련한 강연을 한 탓이 크다. 올해의 문화 주간 행사에서는 〈거짓말과 진실〉을 주제로 삼았는데, 나도 그 일환으로 소설적 허구에 대한 이야기를 했다. 소설은 거짓말일까? 첫눈엔 그래 보인다. 만일 만초니가 〈돈 아본디오〉라는 인물이 레코 근처에서 〈브라비〉라는 사람을 우연히 둘이나 만났다고 주장한다면 그건 거짓말이라고 봐도 된다. 만초니는 지어낸 이야기를 하는 사람이기 때문이다. 하지만 일부러 거짓말을 하는 건 아니다. 그는 자신이 이야기하는 것이 마치 실제로 일어난 일인 것처럼 말하는 것뿐이다. 그로써 그는 **마치 그런 것처럼**의 세계로 우리를 초대한다. 자신의 허구적 세계에 동참하라고 권하는 것이다. 그건 마치 한 아이가 작대기를 검처럼 휘둘러 대는 것을 우리가 받아들이는 것과 똑같다.

물론 소설적 허구는 이것이 지어낸 이야기라는 특정한 신호를 독자에게 줘야 한다. 예를 들면 책 표지에 〈소설〉이라는 단어를 집어넣는 것에서 〈옛날 옛날에⋯⋯〉로 시작하는 전형적인 첫 구절에 이르기까지 말이다. 하지만 허구임에도 진실인 것처럼 잘못된 신호로 시작할 때도 많다. 예를 들어 보자.

레뮤얼 걸리버 씨는 (⋯⋯) 레드리프에 있는 자신의 집 앞에 사람들이 호기심 어린 표정으로 북적대는 것에 질려 3년 전쯤에 노팅엄 백작령인 뉴어크에 작은 농장과 안락한 집 한 채를 구입했다. (⋯⋯) 그는 레드리프를 떠나기 전에 내게 원고 뭉치를 맡겼다. 아래에 실은 것이 그 원고에 담긴 이야기다. (⋯⋯) 나는 원고를 세 번이나 정독했고, 그 결과 (⋯⋯) 작품 전체에 진실의 정신이 녹아 있다고 단언할 수밖에 없었다. 게다가 저자 본인도 어찌나 진실을 사랑하는 사람으로 유명한지 그 동네에서는 〈그건 마치 걸리버 씨가 말한 것처럼 진실하다〉라는 말이 관용구처럼 회자될 정도였다.

『걸리버 여행기』 초판 표지에는 저자로서 조너선 스위프트의 이름이 아니라 마치 이 자서전의 진짜 저자인 것처럼 걸리버의 이름이 적혀 있었다. 물론 이걸 보고도 독자들은 속지 않을지 모른다. 왜냐하면 로마 시대에 살았던 루키아노스의 『진실한 이야기』 이후로는 진실에 대한 과장된 확언이 오히려 허구의 신호로 들렸기 때문이다. 하지만 한 소설 안에 지어낸 사실과 실제 세계의 관련성이 아주 긴밀하게 뒤섞여 있는 바람에 많은 독자가 갈피를 잡지 못할 때도 드물지 않다.

그럴 때면 독자는 마치 자신이 실제로 일어난 일을 대하고 있는 것처럼 소설을 진지하게 받아들이고, 또 등장인물의 의견이 모두 작가의 의견이라고 생각하는 일이 발생한다. 나 역시 소설을 쓰는 사람으로서 장담하자면, 판매 부수가 어느 정도, 그래, 1만 부라고 치자, 그 정도를 넘어서면 웬만큼 소설적 허구에 친숙한 독자도 미숙한 야생 상태의 관객으로 넘어가게 된다.

다시 말해서 소설을 진짜 사실처럼 읽고, 그래서 아이들이 인형극을 보면서 악마를 욕하거나 심지어 어른들이 시칠리아 인형극을 보면서 배신자 가늘룽을 욕하는 것과 똑같이 반응하는 관객으로 바뀐다는 말이다.

내 소설 『푸코의 진자』 제5장에서 출판사 편집자 디오탈레비는 줄곧 컴퓨터 앞에 웅크리고 앉아 있는 친구 벨보에게 놀리듯이 말한다. 〈그런 것을 계산할 수 있는 기계가 존재하기는 하지. 하지만 그건 자네의 실리콘 계곡에서 만들어진 기계가 아니야.〉 여기서 나는 실리콘 계곡을 〈valle del silicone〉라고 썼다. 그러자 자연 과학을 가르치는 한 동료가 실리콘 밸리는 이탈리아어로 〈Valle del Silicio〉라고 번역된다고 빈정거리듯이 일러 주었다. 그래서 나는 컴퓨터가 실리초(영어로 실리콘)로 만들어진다는 건 나도 잘 알고 있고, 만일 그가 내 책을 더 읽었더라면 좀 더 자세한 사정을 알 수 있었을 거라고 대답했다. 제41장에서 가라몬드 씨는 벨보에게 컴퓨터도 실리초로 만들기 때문에 『금속의 경이로운 모험』에서 그것도 다루어야 했다고 말한다. 그러자 벨보가 답한다. 〈하지만 실리초는 금속이 아니라 준금속입니다.〉이어 나는 그 동료에게 두 가지 점을 지적했다. 첫째, 제5장의 그 대목에서 말하고 있는 사람은 내가 아니라 내 소설의 등장인물 디오탈레비다. 그는 실리콘이 이탈리아어로 정확하게 뭐라고 하는지 몰라도 될 권리가 있다. 둘째, 디오탈레비는 거기서 실리콘의 올바른 번역어를 모르고 있는 게 아니라, 누군가 〈핫도그hot dog〉를 〈뜨거운 개〉라고 번역한 것처럼 영어를 잘못 번역한 상황을 비웃고 있는 게 분명하다.

정신 과학자들을 불신하는 내 자연 과학자 동료는 그래도 미심쩍은 웃음을 흘리며 내 설명을 안쓰러운 변명 정도로 치부하는 듯했다.

여기서 우리는 참으로 딱한 유형의 독자를 만난다. 교양은 있지만 소설을 전체로 읽는 법을 모르고 단순히 여러 부분을 그때그때 개별적으로 받아들이는 독자, 반어나 풍자를 이해하지 못하는 독자, 작가의 의견과 등장인물의 의견을 구분할 줄 모르는 독자가 그렇다. 이런 비정신 과학자는 〈마치 그런 것처럼〉의 세계에 손톱만큼도 관심이 없다.

2011년 7월 8일

불신과 동일시

지난번에 나는 소설적 허구와 현실을 구분하지 못하고, 그래서 등장인물의 생각이나 감정을 작가의 것으로 여기는 독자들이 무척 많다는 점을 지적했다. 그에 대한 또 다른 증거로 나는 인터넷에서 몇몇 작가들의 사유 목록을 작성한 사이트를 보게 되었다. 〈움베르토 에코의 명제들〉이란 제목 아래에 이런 글이 적혀 있었다. 〈이탈리아인들은 불성실하고, 거짓말을 잘하며, 비열하고, 신의를 쉽게 저버리며, 검을 차기보다는 단도를 숨기고 있을 때 더 편안함을 느끼고, 약보다는 독을 더 잘 쓰며, 흥정을 할 때는 끈덕지고, 바람의 방향이 바뀌면 어김없이 깃발을 바꾼다는 점에서만 한결같은 면모를 보인다.〉 이 글에 진실이 아예 없다고 할 수는 없으나, 어쨌든 이건 이탈리아인에 대해 자주 나도는 케케묵은 상투적 편견일 뿐이다. 그런 말을 한 사람은 내가 아니라 내 소설 『프라하의 묘지』에 나오는 한 인물이다. 그러니까 앞에서 인종주의적 선입견을 줄기차게 드러내면서 진부하고 어리석은 말을 거리낌 없이 내뱉던 등장인물이 한 말이다. 그렇다면 앞으로 난 그런 천박한 등장인물에게는 말할 기회를 주지 않으려고 노력해야 한다. 그러지 않았다가는 언젠가 〈엄마는 세상에 단 하나뿐이다〉는 아주 평범한 사실까지 내가 주장했다고 할 판이니까.

이제 나는 에우제니오 스칼파리*의 지난 칼럼을 읽는다. 거기서 그는 나의 지난 성냥갑 칼럼을 거론하면서 새로운 문제를 언급한다. 스칼파리는 소설적으로 지어낸 것을 현실과 혼동하는 사람들이 있다는 내 말에 동의하면서도 소설적 허구가 실제보다 더 진실할 수 있고, 심리적 동일시를 북돋우고, 역사적 현상의 인식을 촉진하고, 새로운 종류의 감정을 만든다는 의견을 내비쳤고, 나도 같은 의견일 거라고 했다. 그건 맞다. 사실 그런 의견에 누가 동의하지 않겠는가?

---

* Eugenio Scalfari(1924~). 『라 레푸블리카』를 창간했고 디년간 발행인을 지낸 인물. 격주로 『레스프레소』지에 칼럼을 쓴다.

더 나아가, 소설적 허구는 미적 실험도 허용한다. 어떤 독자는 보바리 부인이 존재한 적이 없는 인물이라는 것을 잘 알지만, 그럼에도 플로베르가 그 인물을 창조한 방식을 즐길 수 있다. 그런데 본질적으로 보자면 바로 이런 미적 차원에 그와 상반된 미적 기능이 담겨 있다. 즉, 논리학자와 자연 과학자뿐 아니라 법정에서 진술의 진실성을 판단해야 하는 재판관들도 공유하는 진실(그리스어로 〈aletheia〉) 개념과 관련된 미적 기능이 그것이다. 여기서 문제가 되는 건 완전히 다른 두 가지 차원이다. 만일 재판관이 판결을 내릴 때 아주 아름답게 꾸며서 이야기하는 피고인의 거짓말에 영향을 받는다면 그건 참으로 애석한 일이다. 나는 〈미적 진실〉의 차원에 몰두했고, 가짜와 거짓말에 대한 토론 과정에서 나름의 생각을 하게 되었다. 홈 쇼핑 바나 마르키에서 선전하는 로션이 머리털 성장을 촉진한다고 말하는 것은 거짓일까? 그렇다. 그렇다면 돈 아본디오가 같은 날에 〈브라비〉라는 사람을 둘이나 만났다는 것은 거짓일까? 〈진실〉의 관점에서는 그렇다. 하지만 서술자는 우리에게 자신의 이야기가 정말 진실하다고 말하는 것이 아니라 마치 진실한 것처럼 말하고 있을 뿐이다. 그래서 자신의 이야기를 그대로 따라와 달라고 청한다. 콜리지가 권한 것처럼 〈불신의 자발적 유예〉를 부탁하는 것이다.

스칼파리는 괴테의 베르테르를 언급한다. 우리는 당시 얼마나 많은 낭만적인 젊은이들이 그 작품의 주인공과 동일시하기 위해 스스로 목숨을 끊었는지 안다. 그들은 그 이야기를 사실로 믿었던 것일까? 그럴 필요가 없다. 우리는 보바리 부인이 실존 인물이 아님을 알고 있음에도 그녀의 운명에 이끌려 눈물을 흘리고, 소설이 허구임을 인정하면서도 주인공과 동일시한다.

이유는 이렇다. 우리는 보바리 부인이 결코 존재하지 않은 인물임에도 그녀와 비슷한 운명을 겪은 여자들이 현실 속에 많이 있음을 알고, 또 우리 자신에게도 어느 정도는 그녀와 비슷한 면이 있다고 생각하기 때문이다. 그래서 우리는 그녀의 이야기에서 인생 일반과 우리 자신에 대한 가르침을 끌어낸다. 고대 그리스인들은 오이디푸스가 겪은 일들이 실제라고 믿었고, 그것을 운명에 대한 숙고의 계기로 삼았다. 프로이트도 오이디푸스가 실존 인물이 아님을 잘 알고 있었지만, 그 이야기를 우리의 무의식 속에서 일어나는 사건들에 대한 이론으로 읽었다.

그렇다면 허구와 실재를 도저히 구분하지 못하는 독자들에게는 어떤 일이 일어날까? 우선 그들에게 미적 평가는 존재할 수 없다. 그들은 이야기를 진지하게 받아들이기에만 급급하다 보니 그것이 미적으로 훌륭한지, 아니면 형편없는지는 따지지 않기 때문이다. 또한 이야기 속에 담긴 의미나 가르침도 발견하지 못하고, 등장인물과 자신을 동일시하지도 않는다. 그들은 그저 내가 〈허구의 결핍〉이라고 부르고 싶은 상태만 드러내고, 〈불신을 자발적으로 유예할〉 능력조차 없다. 이러한 독자는 우리가 생각하는 것보다 훨씬 많기에 관심을 기울일 필요가 있다. 그들이 놓친 미적·도덕적 문제를 환기시키기 위해서라도.

2011년 7월 21일

누가 종이호랑이를 무서워할까마는……

1960년대 초 마셜 매클루언은 장차 우리의 생각과 소통 방식에서 획기적인 변화가 찾아올 거라고 예언했다. 우리 인류가 지구촌이라는 하나의 공간에서 살아갈 채비를 하고 있다는 것도 그의 직관 중 하나였다. 지금의 인터넷 시대에서 되돌아보면 분명 그의 예언 중 많은 것이 적중했다. 그런데 매클루언은 『구텐베르크 은하계』*에서 문화 발전과 우리의 개인적 감성에 대한 언론의 영향을 분석한 뒤 『미디어의 이해』**와 다른 작품들에서는 알파벳 문자가 몰락하고 대신 영상과 이미지가 우리 사회를 지배할 거라고 예측했다. 그러자 대중

---

* 마셜 매클루언, 『구텐베르크 은하계 *The Gutenberg Galaxy*』, 임상원 옮김(서울: 커뮤니케이션북스, 2001).

** 마셜 매글쿠인, 『미디어의 이해 *Understanding Media*』, 김성기 · 이한우 옮김(서울: 민음사, 2002).

매체들은 이 예측을 극단적으로 단순화해서 이렇게 번역했다. 〈인간은 더 이상 읽지 않고 텔레비전만 보게 될 것이다(아니면 디스코텍의 사이키 조명 아래 비치는 이미지만 보게 되든지).〉

매클루언은 가정용 컴퓨터가 우리의 일상 세계로 진입할 채비를 갖추고 있던 1980년 말에 죽었다(실험용에 가까운 최초의 가정용 컴퓨터는 1970년대 말에 나왔지만, 대중 시장에 출시된 건 1981년 IBM-PC를 통해서였다). 만일 매클루언이 몇 년만 더 살았더라면 겉으로는 이미지가 지배하는 것처럼 보이는 우리 사회에서 새로운 문자 문화가 발흥하기 시작한 것을 인정할 수밖에 없었을 것이다. 우리는 PC로 글을 읽거나 쓸 수 있다. 요즘 아이들은 학교에 들어가기도 전에 벌써 아이패드를 갖고 놀지만 우리가 인터넷과 이메일, 메시지 등으로 얻는 전체 정보는 알파벳 문자 지식을 토대로 한다. 빅토르 위고의 작품 『파리의 노트르담 *Notre-Dame de Paris*』에서 프롤로 부주교가 예언한 상황은 컴퓨터의 등장과 함께 완벽하게 실현되었다. 프롤로는 작품 속에서 처음엔 책을 가리키고, 그다음엔 많은 이미지와 다른 시각적 상징들로 장식된, 창문 앞

의 대성당을 가리키며 말한다. 〈이게 저걸 죽일 거야.〉
컴퓨터는 멀티미디어적 기능과 함께 의심할 바 없이
세계를 하나의 지구촌으로 묶는 유용한 수단으로 입
증되었다. 심지어 고딕 대성당의 〈저것〉, 즉 이미지와
상징까지 복원할 수 있게 되었다. 근본적으로 신(新)
구텐베르크적 원칙에 기초해서 말이다.

그런데 알파벳의 귀환 후 전자책의 발명과 함께 알
파벳으로 쓴 텍스트를 이제 종이가 아닌 화면으로 읽
을 가능성이 생겨났다. 그러다 보니 책과 신문이 사라
질 거라는 새로운 예언들이 줄을 잇고 있다(부분적으
로는 판매량 감소로 인해). 그래서 몇 년 전부터는 상
상력이라고는 전혀 없는 기자들이 글로 먹고사는 사
람들에게 책의 미래는 어떻게 될 거라고 보는지, 또는
정보를 담는 종이의 운명에 대해 어떻게 생각하는지
묻는 일이 버릇이 되었다. 그렇다고 이런 상황에서 책
이 여전히 정보의 이동과 보존에 아주 중요한 의미가
있고, 5백 년 전에 인쇄된 책들조차 놀라운 상태로 보
관되어 있는 반면에 오늘날 일상적으로 사용하는 전
자 저장 장치는 10년 이상 보존된다는 명확한 증거가
없다는 점을(사실 우리는 그걸 검증할 수가 없는데,

오늘날의 컴퓨터로는 1980년대 플로피 디스크를 더는 읽을 수 없기 때문이다) 지적하는 것으로는 충분하지 않다.

그런데 요사이 우리를 당혹게 하는 새로운 일들이 벌어지고 있다. 신문들도 이 사건들을 진작 주목하고 있지만, 그 의미와 파장에 대해선 아직 제대로 파악하지 못하고 있다. 지난 8월 아마존 설립자이자 CEO인 제프 베조스가 『워싱턴 포스트』를 사들였다. 또한 곳곳에서 종이 신문의 조속한 종말을 외쳐 대고 있는 상황에서 투자의 귀재라는 워런 버핏은 얼마 전 지역 신문사를 63개나 손에 넣었다. 최근에 페데리코 람피니가 『라 레푸블리카』에서 언급한 것처럼 버핏은 구(舊)경제의 거인이지 결코 혁신가가 아니다. 그럼에도 틈새 투자에는 귀신같은 후각을 갖고 있다. 낌새를 보아하니, 이익을 좇는 실리콘 밸리의 다른 하이에나들도 신문사에 눈독을 들이고 있는 듯하다.

람피니는 어쩌면 빌 게이츠나 마크 저커버그 같은 사람도 곧 『뉴욕 타임스』를 손에 넣는 거사를 치르지 않을까 궁금해한다. 그런 일이 실제로 벌어질지는 모르겠으나 디지털 세계가 다 죽어 가는 종이를 재발견하고 있는 건 분명해 보인다. 수지 타산일까? 정치적 고려일까? 아니면 민주주의의 보루로서 신문사를 지키려는 바람일까? 이런 경향을 어떻게 해석해야 할지는 나도 아직 제대로 알지 못한다. 다만 흥미로운 건 지난 예언들이 뒤집히고 있는 걸 우리가 목도하고 있다는 사실이다. 어쩌면 마오쩌둥이 틀렸을지 모른다. 종이호랑이라고 무시해서는 안 된다!

2013년 11월 7일

7부

뻔뻔하고 멍청한 인간부터
황당하고 정신 나간 인간들까지

로마의 한 미국 여인

앨리스 옥스먼에게는 불리한 조건이 몇 가지 있다. 우선 그녀는 미국인이다. 그건 급진 좌파에겐 마음에 안 드는 일일 수 있다. 하지만 그녀는 미국 국기를 몸에 칭칭 두르고 돌아다니는 〈USA-Day〉에 참가하지 않았다. 다른 한편으로 그건 우파 신문 『폴리오 *Il Foglio*』에겐 미운털이 박히는 짓이었다. 또한 그녀가 유대인이라는 사실은 요즘엔 우파건 좌파건 가리지 않고 많은 사람에게 별로 좋지 않은 인상을 줄 수 있다. 게다가 그녀가 좌파라는 사실은 우파에겐 당연히 공격 대상이고, 상원 의원 푸리오 콜롬보의 아내라는 사실도 우파건 좌파건 불신을 불러일으키기에 충분하다. 다행히 이 모든 상황에서도 그녀는 추한 모습을 보이지 않는다.

그녀가 쓴 책 『베를루스코니 치하에서: 로마에 사는 한 미국 여자의 일기*Sotto Berlusconi: Diario di un'americana a Roma 2001~2006*』(Editori Riunit, 2007)는 아픈 곳을 콕콕 찌른다. 예를 들어 뉴욕에서 9·11 테러를 겪고 이후의 시간까지 그 도시에서 보낸 딸과 주고받은 이메일 내용을 옮겨 놓은 것은 쓰라리다. 언론인이던 남편의 경험에 대해 말하는 것도 괴롭다(이 경험은 너무 자주 인용되어 이해 충돌이 발생하지 않는지 의심을 살 만하다). 하지만 이 책에서 가장 폐부를 찌르는 것은 신문 기사나 통신사 보도를 아무런 코멘트 없이 발췌해서 인용한 대목이다. 그와 함께 이 책은 얼마 전에 일어난 일도 쉽게 잊어버리는 사람들에게 우리 역사에서 정말 암울하고 기괴한 한 시기에 대한 충격적인 자료들을 제공한다. 여기서는 그 자료를 일부 인용하는 것으로 만족하겠다.

2001년. 〈나는 사법부라는 악성 종양으로부터 이 나라를 구할 것이다.〉(카를로 타오르미나, 베를루스코니의 포르차 이탈리아당 원내 부대표) 〈제노바는 아주 훌륭해요.〉 〈대통령님, 지금 밖은 전쟁이에요. 길거리엔 죽은 사람도 있어요.〉〈아, 예, 나도 알아요. 슬픈 일이죠.〉(조지 부시, G8 정상 회담에서) 〈이건 종교 전쟁입니다.〉(오리아나 팔라치) 〈부시와 베를루스코니에겐 완벽한 의견 일치가 존재합니다.〉(TG2*)

2002년. 〈여기 사르데냐에는 내 친구 푸틴의 딸들이 있습니다.〉(베를루스코니) 〈포르토 로톤도가 장차이탈리아의 캠프 데이비드로 떠오를 것이다.〉(뉴스 매거진 『파노라마*Panorama*』) 〈남부 지방에서는 내가성자라도 되는 것처럼 사람들이 줄을 지어 나를 따릅니다.〉(RAI 1 방송에서 베를루스코니)

2003년. 〈아피첼라가 기타를 조율한 뒤 멜로디를튕기자 유행가 가사를 쓰는 것으로 유명한 우리의 총리는 거침없이 목청껏 가사를 붙이기 시작한다. 총리의 감정과 음악 세계는 가히 이탈리아의 훌리오 이글레시아스**라 불려도 무방하다.〉(『리베로*Libero*』지)
〈판사들은 미쳤다. 제정신이 아니다.〉(베를루스코니)
〈내가 만일 살해된다면 안토니오 타부키와 푸리오 콜롬보의 지시로 일어난 일인 줄 알고 즉시 비밀 정보국

* 이탈리아 공영 방송의 두 번째 채널에서 방영되는 뉴스 프로그램.
** Julio Iglesias(1944~). 스페인의 가수이자 작곡가. 세계에서 가장많은 음반이 팔린 음악가 다섯 명 안에 든다고 한다.

에 경보를 울리길 바란다.〉(줄리아노 페라라, 『폴리오』지의 발행인) 〈베를루스코니는 진정한 자유주의자다. 그는 선하고 또 선하다. 페라라가 베를루스코니를 순수성과 천재성 면에서 모차르트와 비교한 것은 옳다.〉(산드로 본디, 포르차 이탈리아당 의원) 〈우리 집을 근본도 없는 아무 빙고 봉고*한테나 넘기라고? 농담하지 맙시다!〉(움베르토 보시)

2004년. 〈그 판사들은 정말 악독한 공산주의자들입니다!〉(카를로 타오르미나) 〈베를루스코니요? 당신은 그 사람이 얼마나 훌륭한지 모르는군요. 나는 정말 그를 경탄해요. 푸틴도 끝나고, 부시도 끝날 거예요. 결국엔 아무도 남지 않아요.〉(TV 아나운서 시모나 벤투라) 〈사람들이 베를루스코니에게《집으로 가라!》고 소리쳤어요. 우리도 함께 소리쳤죠. 그러자 그 사람이 나한테 말했어요.《얼굴도 지랄 같은 게.》〉(안나 갈리, 여성 시민) 〈나는 시인 마리오 루치가 종신 상원 의원에 임명된 것이 정말 부끄러워요. 우리 사회를 모욕하는 그런 인간을 어떻게 (……) 차라리 미케 부온조르노**

* 같은 제목의 이탈리아 코믹 영화 주인공.
** Mike Buongiorno(1924~2009). 1950년대 이후 이탈리아에서 가장 유명한 퀴즈 프로그램 진행자.

가 훨씬 낮지.〉(마우리치오 가스파리, 베를루스코니 2기 내각의 정보 통신부 장관)

2005년. 〈키가 얼맙니까? 1미터 78센티미터? 장난 치지 마세요. 이리 와서 거울 앞에 서보세요. 보이죠? 난 171이에요. 그런데도 171을 보고 난쟁이라고 부르는 게 맞는다고 생각하세요?〉(베를루스코니, 『라 스탐파 *La Stampa*』지 인터뷰에서) 〈교황의 죽음이 유권자들에게 큰 영향을 끼쳤습니다. 투표장에 가지 않은 사람들의 비율을 확 올려놓았으니까요.〉(엔리코 라 로지아, 베를루스코니 2기와 3기 내각의 지방 자치부 장관) 〈이탈리아 사람들은 풍족하게 살아요. (……) 내 아들의 학급에서는 한 아이당 핸드폰을 두 대씩 갖고 있어요.〉(베를루스코니, TG2 인터뷰에서) 〈내 빌라에서 보면 바다 전망이 아주 좋아요. (……) 바다 위엔 요트도 많아요. 그게 부자들의 요트라면 우리 나라엔 정말 부자들이 많아요. 봉급이 인플레이션보다 더 빠르게 오르고, 우리 가정들의 풍족함은 유럽에서 따라올 나라가 없어요.〉(베를루스코니, 『라 스탐파』지 인터뷰에서)

2006년. 〈난 파시스트예요. 숨길 게 없어요. 아주 자랑스러워요. 레즈비언보다는 파시스트가 낫지 않아요?〉(알레산드라 무솔리니, 「포르타 아 포르타」토크쇼에서)〈우리 사회는 아주 잘 돌아가고 있어요. (······) 어제 친구 몇 명과 함께 레스토랑에 갔어요. 빈자리가 없더군요. 그러자 웨이터들이 내가 왔다고 얘기하고는 손님 몇 명을 정중히 밖으로 안내했어요.〉(베를루스코니, 민영 방송 LA7과의 인터뷰에서)

손님 몇 명을 정중히 밖으로 안내했다고? 정부 내각 이야기가 아니어서 다행이라고 해야 하나? 이 책이 2006년에 절판된 건 아쉬운 일이다.

2007년 5월 25일

우리가 B를 아예 무시해 버리면?

베를루스코니가 총리직에서 물러나자 신문 1면에서 그의 모습이 순식간에 사라졌다. 물론 그가 원해서 그리된 건 아니다. 하지만 그는 거리낌 없이 자신이 원하는 대로 행동했다. 심지어 자신의 친구 푸틴을 방문하기도 했는데, 마치 바누아투의 로터리 클럽 회장이 푸틴을 방문한 듯했다. 심지어 아가씨 아홉 명과 함께 헬리콥터에서 내렸다. 사람들은 크게 관심을 가지지 않았고, 그의 인기는 땅 밑으로 곤두박질쳤다.

그런 그가 다시 한번 총리직에 도전하겠다고 예고한 지금 그의 모습은 또다시 신문 1면을 보란 듯이 장식하고 있다. 여기서 우리가 주목해야 할 점은 실제로 그가 총리직에 도전할지 말지는 중요하지 않다는 것이다. 오늘의 의견을 내일 당장 바꿀 수 있는 인간이 베를루스코니이기 때문이다. 어쨌든 그는 오늘 다시 돌아와 신문 구석구석에서 얼굴을 빠끔 내민 채 우리를 향해 히죽 웃고 있다.

베를루스코니가 선전의 천재라는 건 누구도 부인하지 못한다. 그가 철저하게 지키는 원칙에는 이런 것이 있다. 〈나에 대해 말하게 하라. 나쁜 이야기도 상관없다. 나에 대해 말하기만 하면 된다!〉 이건 통상적으로 노출증 환자의 기술이다. 학교 앞에서 바지를 내리고 성기를 내보이는 건 분명 지탄받을 짓이다. 하지만 당신이 그렇게 한다면 내일 신문 1면을 장식할 거라고 장담할 수 있다. 심지어 그럴 목적으로 연쇄 살인을 저지르는 사람들도 있다.

그렇다면 베를루스코니가 그렇게 많은 유권자의 눈에 카리스마 있는 인물로 비치는 이유는 무엇일까? 그의 말과 행동에서 기인하는 것도 분명 있겠지만 그것만으로는 설명이 되지 않는다. 어떤 면에선(아니, 아주 확고한 면이라고 생각한다) 신문들이 그를 비판하기 위해 그의 모습을 줄기차게 1면에 실은 탓도 크다고 생각한다.

진단이 이러하다면 다음 선거 때까지 우리는 그에

게 어떤 태도를 보여야 할까? (여기서 우리라 함은 그의 지지자들이 아니라 그를 허약한 우리 공화국의 불행으로 간주하고 두려워하는 사람들을 가리킨다.)

나중에 커서 자주 들은 이야기인데 내가 아주 어렸을 때 이런 일이 있었다고 한다. 막 말을 떼기 시작했을 때의 일인데, 〈엄마〉, 〈아빠〉, 〈할미〉 같은 단어를 처음으로 더듬거리던 내가 어느 날 갑자기 큰 소리로 〈카귀*cagü*〉 하고 소리쳤다. 여기서 〈*ü*〉는 프랑스식 발음인데, 몇몇 북부 이탈리아 방언에는 아직 그 흔적이 남아 있지만 남부 이탈리아에서는 사용하지 않는 발음이다. 사전 편찬자도 모르는 이 말을 내가 어디서 알게 되었는지를 두고 어른들은 한참 갑론을박을 벌였다. 어쩌면 맞은편 집에서 미장일하던 인부들이 〈카곤 *cagòn*〉(똥싸개라는 뜻) 하고 욕하는 소리를 들었을 수 있다. 인부들이 일하는 모습을 내가 발코니에서 신기한 눈으로 지켜볼 때가 많았다고 하니 말이다. 어쨌든 이 말을 못 하게 하려고 어른들은 야단을 치고 꿀밤을 때리고 고함을 질렀지만 소용이 없었다. 나는 계속 〈똥싸개!〉 하고 외쳤고, 그 말과 함께 어른들에게 주목받는 걸 즐겼다.

그러던 어느 날 사건이 터졌다. 어느 일요일 정오였다. 어머니가 나를 안고 막 성찬식 시작을 위해 나직이 제단 종을 울렸다. 성당 안은 정말 숨소리 하나 들리지 않을 정도로 조용했다. 나는 갑작스럽고 황홀한 정적에 한껏 고무되어 제단 쪽으로 고개를 돌리며 젖 먹던 힘까지 다해 소리쳤다. 〈똥싸개!〉

그 순간 신부님의 입에서 일사천리로 나오던 기도문은 뚝 끊겼고, 모두의 경악스러운 시선이 나의 선한 어머니에게로 향했다. 결국 어머니는 창피함을 이기지 못하고 성당을 떠날 수밖에 없었다.

상황이 이렇다 보니 당연히 해결책을 찾아야 했다. 결국 개선가가 절로 나올 만큼 빛나는 해결책을 찾아 냈다. 그날 그 사건 이후에도 나는 며칠 동안 〈똥싸개〉를 계속 외쳐 댔지만, 엄마는 못 들은 것처럼 전혀 관심을 보이지 않았다. 나는 그런 엄마를 향해 계속 소리쳤다. 〈엄마, 똥싸개!〉 엄마는 오리털 이불을 툴툴 털면서 시큰둥하게, 〈아, 그래?〉 하고 말았다. 나는 다시한번 나의 전매특허인 〈똥싸개〉를 부르짖었다. 그래도 엄마는 아무 일 없다는 듯이, 저녁에 파치오 자매가 잠깐 들르기로 했다는 말만 아빠한테 전했다.

눈치 빠른 독자라면 뒷얘기는 벌써 알아차렸을 것이다. 아무리 〈똥싸개〉를 외쳐 대도 반응이 없자 나는 더 이상 〈똥싸개〉를 외치지 않았고, 그 뒤로는 좀 더 풍부하고 복잡한 어휘를 배우는 데 전념했다. 그런 어휘들을 감칠맛 나게 활용하는 나를 보고 부모님은 아주 유식한 아들을 두었다며 무척 기뻐하셨다.

어린 시절의 이 기억을 정치인이나 칼럼니스트, 신문 편집인들에 대한 충고로 내세우고 싶지는 않으나, 혹시라도 그들의 비판적 태도가 오히려 적에게 대중적 관심의 토대로 사용되는 것을 막고 싶다면 내 어머니의 방법을 한 번쯤 사용해 볼 수는 있을 듯하다.

2012년 8월 2일

좌파와 권력

그 일이 일어났을 때 나는 현장에 있지 않지만 믿을 만한 사람에게 그 일에 관해 들었다. 1996년 로마노 프로디가 선거에서 이겼을 때였다. 좌파가 권력을 잡은 건 처음이었다. 포폴로 광장에서 성대한 축제가 열렸고, 군중은 열렬히 환호했다. 당수 마시모 달레마가 단상을 향해 걸어갈 때 한 여성이 그의 소매를 붙잡고 소리쳤다. 〈마시모 동지, 이제야 드디어 우리는 힘 있는 야당이 될 겁니다!〉

이야기는 이것으로 끝이지만, 그 속에 담긴 저주는 끝나지 않았다. 그 여성 당원은 자신의 정당이 승리한 것을 잘 알고 있었지만, 이제 그 정당이 정부를 구성해야 한다는 사실을 깨닫지 못하고 있었다. 다수의 사안에 〈예〉라고 말할 수밖에 없는 좌파 정당은 그녀로선 상상할 수 없는 일이었다. 모든 일에 오직 〈아니요〉라고 말하는 영웅적이고 고집 센 좌파 정당만 그녀의 머릿속에 각인되어 있었기 때문이다.

그녀의 이런 생각 속엔 유럽 좌파의 비극적 역사가 담겨 있다. 유럽 좌파는 150년 넘게 반대 세력으로 살아왔다. 혁명을 꿈꾸었지만, 그 과정은 오랜 시간 인내로만 버텨야 했던 기다림의 연속이었다(그러다 마침내 러시아와 중국에서 혁명이 일어나 기존의 반대 습성을 버리고 나라를 통치하게 되었을 때 좌파는 서서히 보수화되어 갔다).

그 때문에 좌파는 항상 〈아니요〉라고 말할 수 있어야 했고, 그런 자신이 스스로 정당하다고 느꼈다. 그 세력 중 일부가 자의 반 타의 반으로 〈예〉라고 말한다면 그들은 〈사회 민주주의자〉로 비난받으며 당에서 쫓겨나거나, 아니면 알아서 당을 나가 새로운 정당을 만들었다. 따라서 좌파는 항상 분열될 준비가 되어 있었다. 다시 말해 영원히 세포 분열의 운명을 타고난 세력이었다. 그러다 보니 이제껏 정권을 잡을 만큼 힘이 강했던 적이 없었다. 약간 비비 꼬인 심정으로 말하자면 정권을 잡지 못한 것도 그들의 복일지 모른다. 그렇지 않았다면 다른 정당들과 정부를 구성하는 협상 과정에서 많은 사안에 〈예〉라고 말했어야 하기 때문이다. 좌파는 〈예〉라고 말하는 순간 도덕적 순수성을 잃어버린다. 그 순수성 때문에 그들은 늘 패배했지만 권력의 유혹을 고집스레 이겨 낼 능력은 갖출 수 있었다. 그들에겐 반대하는 세력이 언젠가 현 집권 세력을 파괴할 거라는 상상만으로 충분했다.

포폴로 광장의 그 당원 이야기는 요즘도 일어나는 무수한 일들을 설명해 주고 있다.

2015년 5월 15일

용서를 구합니다

얼마 전 나는 최근에 유행처럼 번지는 〈용서를 구합니다〉라는 현상에 대해 언급한 바 있다. 이는 부시 대통령이 아부 그라이브 교도소에서 벌어진 고문과 성적 학대에 대해 사죄해야 한다는, 사람들의 빗발친 요구에서 출발한 움직임이었다. 하지만 무언가 하지 말아야 할 것을 하고 나서 그저 잘못했다고 용서를 구하는 것만으로는 충분치 않다. 앞으로 다시는 그런 짓을 하지 않겠다고 최소한 약속이라도 해야 한다. 부시가 이라크를 또다시 침공하는 일은 없을 것이다. 임기가 만료되어 그럴 힘이 없기 때문이다. 하지만 그럴 힘이 있다면 또다시 그런 일을 저지르고도 남을 인간이다. 돌을 던진 뒤 재빨리 손을 숨기고는 용서를 구하는 사람은 숱하다. 그래 놓고는 또다시 지금까지 했던 것과 똑같은 행동을 한다. 용서를 구하는 데는 전혀 비용이 들지 않기 때문이다.

후회도 비슷하다. 옛날엔 자신의 악행을 후회하는 사람은 일단 어떻게든 자신이 저지른 일을 배상하려 애썼고, 그런 다음에는 평생을 회오하는 마음으로 살았다. 그래서 어떤 이는 스스로 테베로 유배를 떠나 뾰족한 돌로 자신의 가슴을 찍었고, 또 어떤 이는 나병 환자를 돌보러 아프리카로 떠났다. 그런데 오늘날엔 어떤가? 후회해야 할 사람이 자신의 옛 동료를 밀고하고는 깔끔하게 신분을 세탁한 뒤 철저한 감시망을 갖춘 편안한 집에서 특별한 보호를 즐기거나, 아니면 일찌감치 감옥에서 석방된 뒤 책을 쓰거나 인터뷰를 하거나 국가수반을 만나거나, 아니면 뭘 모르는 낭만적인 팬들에게서 격정적인 편지를 받는다.

인터넷 사이트 http://www.sms-pronti.com/sms_scuse_3.html에 가면 용서를 구하는 표현의 목록이 나와 있다. 가장 간단하면서도 효과적인 것은 이렇다. 〈죄송합니다. 저는 진짜 더러운 놈입니다.〉다른 웹 사이트 http://news2000.libero.it/noi2000/nc63.html에 가면 〈용서를 구하는 기술〉이라는 제목 아래에 이렇게 적혀 있다. 〈가장 중요한 원칙은 사죄할 때 자신을 패자로 느끼지 않아야 한다는 것이다. 용서를 구한다는 것은 약함의 표시가 아니라 통제와 힘의 상징으로서 이성으로의 즉각적인 회귀를 의미한다. 그러면 사죄의 대상이 되는 사람은 깜짝 놀라며 상대의 말을 경청한다. 자신의 실수를 인정하는 것은 해방의 몸짓이다. 감정을 억누르지 않고 밖으로 내보냄으로써 그것을 좀 더 강렬하게 체험하는 것이다.〉 결국 용서를 구한다는 것은 계속 살아나갈 에너지를 채워 주는 것이나 다름없다.

죄를 지은 사람이 살아 있다면 본인이 직접 용서를 구해야겠지만, 이미 세상을 떠났다면 어떻게 해야 할까? 교황 요한 바오로 2세가 갈릴레이의 재판에 대해 사죄한 것이 그 지침이 될 수 있다. 즉, 잘못을 저지른 건 전임 교황(또는 벨라르미누스 추기경)이지만 당사자가 없을 땐 그의 합법적인 후계자가 사죄해야 한다는 것이다. 그런데 합법적인 후계자가 누구인지 항상 분명한 건 아니다. 예를 들어 베들레헴의 영아 학살은 누가 사죄해야 할까? 책임자는 예루살렘을 통치하던 헤롯이었다. 그렇다면 이 인물의 유일한 합법적 후계자는 이스라엘 정부일 것이다. 예수의 십자가형과 관련해서는, 사도 바울의 말과는 달리 예수의 죽음에 직접적인 책임이 있는 사람은 중상모략을 일삼은 유대인들이 아니라 로마의 지배자들이었다. 십자가 밑에는 바리새인들이 아니라 로마 병사들이 서 있었다. 로마 제국의 몰락 후 고대 로마인들의 유일한 합법적 승계자는 이탈리아다. 그렇다면 예수의 십자가형에 용서를 구해야 할 사람은 이탈리아 대통령이어야 한다.

베트남 전쟁에 대한 사과는 누가 해야 할까? 어쩌면 차기 미국 대통령이나 케네디가의 후손, 아니면 공감 능력이 좋은 존 케리가 해야 할 것이다. 러시아 혁명과 차르 가문 살해에 관해서는 의심의 여지가 없다. 레닌주의와 스탈린주의의 유일하고도 진정한 합법적 후계자는 푸틴이기 때문이다. 그렇다면 성 바르톨로메오 축일의 학살은? 당시 개신교도를 죽인 왕가의 후계자는 프랑스 공화국이었다. 하지만 당시 전체 사건을 주도한 인물이 메디치 가문의 카테리나인 점을 고려하면 오늘날 사죄의 의무를 진 사람은 카를라 브루니일 수 있다.

사과해야 할 사람을 특정하기 어려울 때도 있다. 천

동설의 대표 주자로서 갈릴레이에게 내려진 판결을 이끌어 냈다고 할 수 있는 프톨레마이오스에 대해서는 누가 용서를 구해야 할까? 이름처럼 그가 리비아 동부 지역의 프톨레마이스에서 태어났다면 카다피가 사죄해야 할 듯하지만, 알렉산드리아 출신이라면 사죄의 몫은 무바라크에게 돌아가야 할지 모른다. 제2차 세계 대전 당시 강제 수용소에 대해서는 누가 사죄해야 할까? 현재 나치의 유일한 후계자는 몇몇 네오나치 분파들이다. 하지만 그들은 사죄할 생각이 없어 보인다. 아니, 기회가 되면 예전과 똑같은 짓을 할 인간들이다.

파시스트에 의해 살해된 자코모 마테오티와 카를로, 넬로 로셀리 형제 사건은 누가 사죄해야 할까? 문제는 오늘날 파시즘의 〈진정한〉 후계자가 누구냐 하는 것이다. 이 물음에는 당혹스러운 느낌이 든다고 고백할 수밖에 없다.

2008년 12월 24일

기적의 약, 모르타크

의사가 관절통을 완화하는 약을 처방해 주었다. 거대 제약 회사 법무 팀과 생길지도 모를 마찰을 피하기 위해 나는 그 약의 이름을 가상으로 〈모르타크〉라 칭하겠다.

나도 생각이 있는 인간인지라 복용 전에 첨부된 설명서부터 읽었다. 거기엔 맨 먼저 이 약을 먹어서는 안 되는 사례들이 나열되어 있었다. 예를 들어 이 약은 보드카와 같이 마셔서는 안 되고, 야간에 밀라노에서 체팔루까지 컨테이너 화물차를 운전하고 갈 때도 안 되고, 나병을 앓고 있거나 세쌍둥이를 임신하고 있을 때도 먹어서는 안 된다. 이어 모르타크 복용으로 있을 수 있는 부작용을 환기시킨다. 예컨대 알레르기 증상이 일어날 수 있고, 얼굴과 입술, 인후가 붓거나 어지럼증과 과다 수면 현상이 나타날 수 있고, (나이 든 환자의 경우) 넘어질 위험이 있고, 시력이 떨어지거나 상실될 수 있으며, 척추 손상이 발생할 수 있고, 심장과 신장 기능이 떨어질 수 있고, 배뇨 장애가 있을 수 있다. 또한 자살과 자해 충동을 느꼈다고 하는 환자도 더러 있는데(내 머릿속에 막 창문에서 뛰어내리려는 환자의 모습이 떠오른다) 그럴 때는 의사에게 즉시 연락할 것을 권장한다(119에 전화하는 것이 훨씬 빠르지 않을까?). 그 밖에 모르타크는 당연히 변비와 장 협착증, 장 경련을 일으킬 수 있고, 다른 약과 함께 먹으면 호흡 곤란이나 심할 때는 혼수상태에 빠질 수 있다.

차량뿐 아니라 다른 복잡한 기계 장치도 절대 조작해서는 안 된다는 건 생략하고 넘어가자. 그 외에 잠재적으로 위험한 활동도 금지된다(고층 빌딩 50층의 철제 받침대에 서서 공기 해머로 작업하는 사람이 떠오른다). 실수로 모르타크를 적정량보다 많이 복용했을 때는 정신이 혼미해지고, 몸이 마비되고, 흥분하거나 불안한 느낌이 드는 걸 예상해야 한다. 반면에 너무 적게 먹거나 복용을 갑자기 멈추면 수면 장애, 두통, 메스꺼움, 불안 신경증, 설사, 경련, 우울증, 발한, 현기증이 생길 수 있다.

약을 먹은 사람 가운데 1퍼센트 이상에서는 식욕 증가와 흥분, 심리적 혼란, 성욕 감퇴, 신경과민, 주의력 결핍, 움직임 둔화(정말 이런 표현이 있었다), 기억력 약화, 근육 떨림, 언어 장애, 근질거리는 느낌, 무기력과 불면증, 피로감, 시력 감퇴, 다시증(하나의 물체가 여러 개로 보이는 증상), 현기증, 균형감 상실, 구강 건조증, 구토, 더부룩함, 장내 가스, 배변 장애, 부종, 구역질, 보행 이상이 생길 수 있다.

약을 먹은 사람 가운데 0.1퍼센트 이상에서는 혈당 저하, 자기 인지 능력 변화, 우울증, 조울증, 언어 장애, 발음 장애, 기억력 감소, 환각, 악몽, 공황 발작, 무감각증, 고독감(정말 이런 표현이 있었다), 오르가슴 장애, 사정 지연, 이해력 장애, 반사 작용 저하, 피부 발진, 식욕 감소, 가려움증, 보행 장애, 의식 장애, 기절, 소음 민감성 증가, 눈 운동 이상, 안구 건조증, 눈의 붓기, 눈물 과다 분비, 심장 박동 장애, 저혈압, 고혈압, 혈관 운동 신경 장애, 더부룩함, 타액 분비 증가, 위 내 가스, 구강 민감증 상실, 발한, 오한, 근육 수축, 근육 경련, 관절통, 요통, 실금(失禁), 소변 장애와 통증, 탈진, 낙상, 갈증, 가슴 답답증, 혈액 검사 변화, 간 기능 변화가 일어날 수 있다. 0.1퍼센트 미만의 사람들에게 닥칠 수 있는 일에 대해선 그만 생략하기로 하자. 들어봤자 좋은 이야기는 하나도 없다.

나는 약을 한 알도 먹지 않았다. 먹었다가는 그 목록에 있지도 않은 화(禍)가 당장이라도 내게 닥칠 것 같았기 때문이다. 그러니까 점액낭염 또는 작가 제롬 K. 제롬이 이름 붙인 〈가정부의 무릎〉*이 닥칠 것 같았다. 나는 약을 몽땅 버리기로 마음먹었다. 하지만 곰곰이 생각해 보니, 그걸 쓰레기통에 버리면 쥐들이 먹고 돌연변이를 일으켜 인간에게 역병을 불러일으킬 수 있을 것 같아, 모두 양철통에 넣고 단단히 밀봉한 뒤 숲으로 가서 1미터 정도 땅 밑에 묻어 버렸다.

여담으로 밝히자면 내 관절통은 그사이 깨끗이 나았다.

2012년 10월 25일

---

* 무릎 관절을 감싸고 있는 얇은 점액낭에 염증이 생겨 무릎에 붓기와 통증이 있는 증상.

나폴레옹은 없다

크리스마스 선물용으로 몇 가지 재미있는 이야기를 들려주겠다. 곧 알게 되겠지만, 이건 신화 사냥꾼에 대처하기 위한 몇 가지 제안이기도 하다. 최근에 한 신화 사냥꾼이 텔레비전에 등장했다. 가면을 쓴 진행자가 나오는, 「아담 카드몬」*이라는 유대 신비주의풍의 제목이 달린 프로그램이었다. 이 프로그램에 대해 길게 이야기할 필요는 없을 듯하다. 마우리치오 크로차가 매주 「카첸제르Kazzenger」라는 이름의 방송에서 그런 프로그램들을 신나게 공격하고 있기 때문이다. 그런 크로차에게 존경을 표한다.

내 서가에는 J. B. 페레라는 사람이 쓴 책의 이탈리

* Adam Kadmon. 유대 신비주의 전통의 카발라에서 〈인간의 원형〉을 뜻하는 말. 아담 카드몬의 모사인 지상의 인간에겐 아담을 신의 반열로 끌어올린 세 가지 속성 즉 지혜, 장엄함, 불멸성이 없다.

아 번역본(1914)이 오래전부터 꽂혀 있다. 뒤늦게 번역된 이 책의 제목은『나폴레옹은 없다*Napoleone non è mai esistito*』인데, 최근에 나는 이 책의 1835년도 프랑스어 초판을 입수하는 데 성공했다. 원제는『거대한 오류, 무수한 오류의 기원*Grand erratum, source d'un nombre infini d'errata*』이다. 저자는 여기서 나폴레옹이 태양의 인격화일 뿐이라고 주장하면서 태양과 아폴론의 유사점에 기초한 많은 증거를 제시한다. 〈나폴레오*Napoleo*〉는 〈추방자 아폴론〉이라는 뜻인데, 아폴론도 마찬가지로 지중해의 한 섬에서 태어났고, 나폴레옹의 어머니 레티치아는 〈아침노을〉이라는 뜻으로 아폴론의 어머니 〈라토나〉라는 이름에서 유래했다. 나폴레옹에게는 세 자매가 있었는데 당연히 그리스 신화 속 우미(優美)의 세 여신 카리테스를 가리키고, 그의 네 형제는 사계절의 상징이며, 두 부인은 대지의 여신과 달의 여신을 의미한다. 게다가 그의 열두 야전 지휘관은 열두 별자리를 가리킨다. 나폴레옹은 태양처럼 정오에서(남쪽에서) 빛나는 승리를 거두었고, 북쪽에서는 그 빛이 꺼졌다.

나폴레옹은 혁명의 광포한 채석질을 끝냈는데, 이

는 아폴론이 괴물 프토노스를 죽인 것을 떠올리게 한다. 태양은 동쪽에서 떠서 서쪽으로 진다. 나폴레옹은 이집트에서 돌아와 프랑스를 지배했고, 서쪽 바다에서 죽었다. 재임 기간은 12년인데, 이는 하루의 열두 시간과도 다르지 않다. 〈이로써 우리 시대의 영웅이라고 하는 자는 태양에서 모든 속성을 차용한 알레고리적 인물에 지나지 않는다는 사실이 증명되었다.〉

페레의 말이 터무니없을 수도 있지만, 그는 샤를프랑수아 뒤피의 책 『모든 종교의 기원 L'origine de tous les cultes』(1794)을 패러디하기 위해 그런 주장을 펼쳤다. 뒤피의 책에는 종교와 우화, 신통기, 신화가 단순히 물리적이고 천문학적인 알레고리일 뿐이라는 주장이 담겨 있다.

페레에 따르면 〈아리스타르코 뉴라이트〉라는 사람도 자신의 책 『역사적으로 확실한 것 Historic Certainties』(1851, 이 책의 초판은 아직 찾지 못했다)에서 비슷한 방법을 썼다. 다비트 슈트라우스가 쓴 『예수의 삶 Leben Jesu』을 논박하고, 복음서를 대하는 그의 비판적·합리주의적 태도를 공격하기 위해서였다. 그런데 페레 이전에 이미 리처드 웨이틀리가 『나폴레옹 보나파르트와 관련한 역사적 의심 *Historic Doubts Relative to Napoleon Buonaparte*』을 발표했다(1819년에 나온 이 책의 초판은 찾아냈다). 나중에 더블린 추기경에 오른 웨이틀리는 종교적이고 철학적인 주제와 관련해서 매우 진지한 책을 쓴 영국 신학자였다. 논리학에 관한 그의 책은 나중에 찰스 샌더스 퍼스에게 영향을 주기도 했다. 웨이틀리는 경험적 증거가 없다는 이유로 성서와 기적 이야기 같은 유사 역사 사건들을 부정하는 합리주의 계열의 저자들(특히 흄)을 반박하는 데 역점을 두었다. 그런데 흄과 그 계열의 사람들에게 직접적으로 반박한 것이 아니라 자신의 테제를 최종 결론으로 끌고 가면서, 그들의 논리로 보자면 기적적인 요소가 상당수 담겨 있는 나폴레옹에 대한 보고들도 원전이 아니고, 많은 동시대인이 나폴레옹의 그런 행위를 직접 본 것도 아니며, 또 나폴레옹에 관해 떠도는 대부분의 말도 남의 이야기에 근거해서 풀어놓은 것에 불과하다는 점을 지적했다.

이런 고서적을 발견하는 것은 수집가들에겐 정말 귀한 일이다. 게다가 독자들에게도 다행인 것은 내가 언급한 그 세 텍스트가 『존재하지 않는 황제 *L'imperatore inesistente*』라는 제복으로 묶여 시중에 나와 있다는 것이다(Sellerio, 1989, 단돈 7유로). 이 책을 크리스마스 선물로 준비하는 것도 꽤 의미 있는 일일 듯하다. 요컨대, 나는 「카첸제르」의 아주 옛날 버전을 발굴한 것이 퍽 재미있었다. 내가 언급한 세 작가는 신화 사냥꾼에 대한 풍자가 아니라 신화를 뿌리 뽑으려 했던 사상가들에 대한 풍자를 썼고, 그래서 근본적으로 반동주의자이기는 하지만, 그 방법은 퍽 유익했다. 남들의 테제를 극단으로 몰고 간 다음 끝에 가서 그들에게 비웃음을 날리는 것이다.

2014년 12월 24일

골 빈 인간들과 신문의 책임

인터넷에 골 빈 인간이 많다는 기사와 관련해서 나는 무척 재미있는 경험을 했다. 잘 모르는 독자들을 위해 설명하자면, 최근에 내가 토리노의 한 특별 강연에서 인터넷은 골 빈 인간들의 천국이라고 말했다는 기사가 온라인과 몇몇 신문에 뜬 것이다. 맞지 않는 소리다. 그 강연은 전혀 다른 주제에 관한 것이었다. 그럼에도 이런 일이 생기는 걸 보면, 뉴스라는 것이 종이 매체와 인터넷 사이에서 얼마나 요란하게 옮겨 다니고, 그 과정에서 얼마나 심하게 왜곡되는지 알 수 있다.

골 빈 인간과 관련된 이야기는 강연 뒤의 기자 회견에서 나온 말이다. 회견 중에 나는 무수한 질문에 답하는 과정에서 건강한 상식에 기반을 둔 이런 발언을 했다. 지구의 70억 인구 중에는 골 빈 인간이 언제나 일정 정도 있기 마련이라고 가정하면서, 옛날에는 그런 인간의 대부분이 가족과 가까운 지인에게 바보 같은 의견을 전달하는 데 그쳤고, 그래서 그런 의견의 확산이 아주 적은 범위로 제한되었다면 오늘날에는 이런 인간들의 상당수가 소셜 네트워크로 자신의 의견을 퍼뜨릴 가능성이 생겨났다. 따라서 그런 의견들이 무척 많은 사람에게 전파되었고, 인터넷 안에서 이성적인 사람들의 의견과 뒤섞였다.

〈골 빈 인간〉이라는 말에 결코 인종주의적 함의는 없다는 걸 알아줬으면 좋겠다. 직업적으로 골 빈 인간은 없다(물론 드물게 예외는 있다). 하지만 아무리 뛰어난 약사, 뛰어난 외과 의사, 뛰어난 은행 직원이라고 하더라도 자신이 전혀 모르거나 충분히 생각해 보지 않은 주제에 대해 바보 같은 말을 내뱉을 수 있다. 그건 인터넷에서는 반응이 워낙 빠르게 이루어지기 때문이기도 하다. 그곳 사람들은 그냥 별생각 없이 툭툭 반응한다.

인터넷이 골 빈 인간들에게도 황당하기 짝이 없는 의견들을 말하도록 허용하는 것은 옳다. 하지만 그런 어리석음의 과잉은 소통 채널을 가로막는다. 또한 내가 강연 후 인터넷에서 발견한 몇몇 무분별한 반응은 나의 이성적인 테제가 맞는다는 것을 증명해 준다. 누군가 인터넷상에서 이렇게 주장했다. 인터넷에서는 바보의 의견도 노벨상 수상자의 의견과 똑같은 가치를 갖고 있다고 내가 말했다는 것이다. 이어 내가 노벨상을 받았는지 받지 않았는지를 두고 의미 없는 논쟁이 불붙었다. 누구든 위키피디아를 찾아보기만 하면 해결되는 일을 놓고 말이다. 이것은 사람들이 그냥 떠오르는 대로 내뱉고 보는 경향이 얼마나 심한지를 보여 준다. 어쨌든 이것으로 골 빈 인간들의 수를 파악하는 것이 가능해졌다. 최소한 3백만 명은 돼 보인다. 왜냐하면 최근에 위키피디아 이용객 수가 3백만 명가량 감소했기 때문이다. 이들은 정보를 찾으려고 인터넷을 검색하는 것이 아니라 줄곧 자신과 비슷한 부류와 수다를 떨기 위해, 그것도 나오는 대로 지껄여 대기 위해 인터넷을 떠도는 사람들이다.

정상적인 인터넷 이용자라면 정신 나간 의견들과 잘 궁리해서 내놓은 의견을 구분할 줄 알아야 한다. 물론 그게 항상 가능한 것은 아니다. 따라서 필터링의 문제가 대두된다. 필터링은 트위터나 블로그에 실린 의견들에만 해당하는 것이 아니다. 믿을 만하고 유익한 정보도 있지만 온갖 종류의 망상과 비난, 존재하지도 않는 음모, 역사 왜곡, 인종주의, 또는 사실 자체가 틀리거나 부정확하거나 졸렬한 설명이 있는 모든 웹 사이트에도 필터링은 굉장히 중요하다.

그렇다면 필터링은 어떤 식으로 해야 할까? 각자 자신이 잘 아는 주제에 관한 웹 사이트를 세심하게 살펴봄으로써 정보를 거를 수 있다. 하지만 나는 예를 들어 끈 이론에 대해 어떤 사이트가 올바른 설명을 하고 있는지 아닌지 판단하는 데 어려움을 겪을 수밖에 없다. 이런 문제에선 학교도 별 도움이 안 된다. 교사들도 나와 처지가 똑같기 때문이다. 예를 들어 그리스어 교사는 수학의 파국 이론이나 삼십 년 전쟁에 관한 웹 사이트 앞에서는 문외한이나 다름없다.

해결책이 하나 있기는 하다. 신문은 인터넷의 노예일 때가 많다. 왜냐하면 뉴스뿐 아니라 가끔은 황당한 이야기도 거기서 가져오고, 그로써 가장 큰 경쟁자에게 자신의 목소리를 빌려주기 때문이다. 결국 신문은 늘 인터넷 뒤를 절뚝거리며 쫓아가기만 한다. 이제 그런 습성을 버려야 한다. 그 대신 웹 사이트들을 분석하는 데 힘을 쏟는 게 어떨까 싶다. 다시 말해 책과 영화에 관한 지면이 있듯이, 좋은 사이트는 추천하고, 부정확한 정보나 터무니없는 헛소리를 퍼뜨리는 사이트는 경고하는 지면을 신설하는 것이다. 이는 인터넷 사용자들에게 막대한 도움이 될 뿐 아니라 신문에서 등을 돌린 많은 사람이 다시 신문을 들추게 하는 요인이 될 수 있다.

이런 시도를 하려면 신문사 입장에서는 당연히 상당수의 분석가가 필요하다. 그것도 편집부 자체 인력을 넘어 외부 인력까지 동원해야 할지 모른다. 결코 비용이 적지 않은 일이다. 하지만 문화적으로 상당히 가치 있는 일이고, 신문의 새로운 기능을 여는 서막이 될 수도 있다.

2015년 6월 26일

옮긴이의 말

에코의 마지막 선물

이 책은 2016년에 타계한 움베르토 에코가 세상의
바보들에게 남긴 마지막 선물이다. 『레스프레소』지에
기고한 칼럼 〈미네르바 성냥갑〉 중에서 최근 글들을
모은 것으로 〈유동 사회〉라는 주제를 집중적으로 다
루고 있다.

그는 이 책에서 도무지 종잡을 수 없는 사회의 일면
들을 다각도로 보여 준다. 예전에는 누군가 쓰러지거
나 사고를 당하면 일단 만사 제쳐 놓고 달려가 도와주
었지만 지금은 사진이나 동영상으로 찍어 SNS에 올
리기에 바쁘다. 남들에게 밝히기 민망한 부부 관계나
내밀한 사생활도 이제는 버젓이 방송으로 공개되면서
시청률을 올리는 수단으로 변했고, 마피아 조직도 이
제는 누군가 조직의 비밀을 누설하면 숨통을 끊은 다

음 입 속에다 돌멩이 대신 스마트폰을 박아 넣는다. 그 뿐이 아니다. 온라인상의 수많은 정보와 지식의 민주화로 사람들은 예전보다 더 똑똑해질 거라고 기대했지만, 실은 점점 더 듣고 싶은 것만 듣고 보고 싶은 것만 보는 바보로 전락했으며, 내일 지구의 멸망이 오더라도 죽으나 사나 스마트폰만 끼고 산다. 게다가 기계가 인간의 노동을 대신하는 시대가 오면 인간은 남는 시간에 무엇을 할까? 정말 자신이 하고 싶은 일을 하고, 삶의 의미를 키우는 일을 할까? 혹시 소파에서 뒹굴뒹굴하거나 온라인 게임에 빠지거나, 그도 아니라면 무엇을 할지 몰라 무료해하지나 않을까?

예전에는 말도 안 되던 일들이 일상적으로 벌어지는 이런 사회는 어떤 사회일까? 에코는 〈유동 사회〉라는 말로 이 사회를 진단한다. 유동 사회란 중심을 잃고 표류하는 사회다. 다시 말해 정체성 위기와 가치의 혼란에 빠져 방향타가 되어 줄 기준점을 상실한 사회다. 과거의 인간 사회에는 어쨌든 우리가 믿고 기댈 중심이 있었다. 신, 인간성, 진보, 사랑, 자아, 이성, 자유 같은 이념이 우리에게 버팀목이 되어 주었고, 그와 함께 우리는 어떤 시련과 고통이 와도 어려움을 극복해 나갈 희망을 품었다. 그러나 이젠 공동체를 묶어 주던 중심이 무너지면서 의지할 곳을 잃었다. 신은 죽고, 인간성에 대한 확신은 사라지고, 자아는 파편화되고, 비판적 이성 대신 도구적 이성이 판치고, 삶의 의미는 형해화하고, 공동체의 삶은 무너지고, 각자의 이익만 목청껏 외치는 이기적인 아우성만 남았다. 대신 돈이 나머지 모든 가치를 몰아내고 중심 자리를 차지했다. 거기다 더해, 이제는 인공지능에 의한 파괴적 혁신이 이루어지면서 우리가 한 번도 경험해 보지 못한 미래가 우리를 기다리고 있다. 우리는 어디로 가고 있을까? 아니, 어디로 가야 하고, 어디로 가고 싶을까?

에코는 우리 사회의 단면들을 들여다보며 날카로운 조소와 풍자를 날린다. 코로나로 홍역을 앓는 작금의 사회를 보고는 또 무슨 말을 할지 궁금하지만, 더는 그의 지성과 해학을 들을 수 없다는 것이 애석할 따름이다.

2021년 1월

박종대

옮긴이 **박종대** 성균관대학교 독어독문학과와 동 대학원을 졸업하고 독일 쾰른에서 문학과 철학을 공부했다. 사람이건 사건이건 겉으로 드러난 것보다 이면에 관심이 많고, 환경을 위해 어디까지 현실적인 욕망을 포기할 수 있는지, 그리고 어떻게 사는 것이 진정 자신을 위하는 길인지 고민하는 제대로 된 이기주의자가 꿈이다. 『농담과 무의식의 관계』, 『성욕에 관한 세 편의 에세이』, 『콘트라바스』, 『승부』, 『어느 독일인의 삶』, 『9990개의 치즈』, 『데미안』, 『수레바퀴 아래서』 등 많은 책을 번역했다.

미친 세상을 이해하는 척하는 방법

발행일   2021년 1월 30일 초판 1쇄
         2021년 3월 15일 초판 6쇄

지은이   **움베르토 에코**
옮긴이   **박종대**
발행인   **홍예빈·홍유진**
발행처   **주식회사 열린책들**

경기도 파주시 문발로 253 파주출판도시
전화 031-955-4000 팩스 031-955-4004
www.openbooks.co.kr

Copyright (C) 주식회사 열린책들, 2021, *Printed in Korea.*
ISBN 978-89-329-2079-5 03880